# Peran le jeune

Jean-François Dupré

© 2016 Jean-François Dupré
Illustrations et couverture : Michel Borderie
Éditeur : BoD-Books on Demand, 12/14 rond point des Champs Élysées, 75008 Paris, France
Impression : BoD-Books on Demand, Norderstedt, Allemagne
ISBN : 978-2-322-07677-2
Dépôt légal : Juin 2016

*À Anne-Marie, je crois qu'elle l'aurait aimé.*

Il était une fois, il y a très longtemps, dans une contrée très loin d'ici, un jeune garçon du nom de Peran. Il vivait paisiblement dans un village de l'étrange royaume de Vérika.

Un jour une troupe de passage s'arrêta dans son village. Huit chevaliers décidèrent d'y faire escale. Le seigneur du bourg se réjouit de l'attention que ces illustres personnages portèrent sur son fief et réquisitionna les meilleures habitations pour les accueillir le plus dignement possible.

Le petit Peran admira ces cavaliers. Les légendes qui entouraient ces hommes comme un halo de mystère revenaient à sa mémoire et prenaient subitement corps devant ses yeux. Leurs vies devaient être bien différentes de celle que sa place dans ce village agricole lui promettait.

Le lendemain matin, lorsque la troupe se fut reposée, son chef remercia le seigneur de son hospitalité chaleureuse. Alors que l'équipée se préparait à repartir, la quasi-totalité du village se pressait tout autour pour profiter de cette animation inattendue. Notre petit ami se tenait au plus près et écarquillait les yeux.

« Petit moussaillon, apporte-moi donc ma selle ! » s'écria l'un des leurs à l'adresse de Peran. Il pointa une structure de cuir et de fer aux formes courbes, qui semblait attendre avachie, les bras ballants par-dessus une poutre. Peran se précipita sur l'objet, bien décidé à démontrer son utilité. Au moment de le soulever, il fut surpris par son poids. La selle semblait peser plus lourd qu'un âne mort. Il réussit à l'arracher de son emplacement au prix d'un effort violent, qu'il eut du mal à dissimuler. Le buste incliné vers l'arrière, les bras tendus vers la selle, Peran s'avança par pas maladroits vers son donneur d'ordre. Au bout de quelques enjambées, une aspérité du sol eut raison de son équilibre. Peran tomba sur le côté entraîné par sa charge ; ce qui inspira un éclat de rire général.

Le chevalier vint auprès de Peran. « Merci », dit-il sobrement en reprenant la selle. Les quolibets fusèrent du public, parfois plus blessants qu'une lapidation. « Je m'excuse », dit Peran au chevalier. Celui-ci le regarda et répondit calmement : « Ne t'excuse pas de m'avoir aidé. » Il aida Peran à se relever et une fois debout lui dit devant son visage baissé : « Ne t'arrête pas pour ceux-là, désignant vaguement la foule, va plutôt tenir mon cheval pendant que je le selle. » Et il esquissa un sourire d'encouragement.

Peran reprit vigueur et s'empressa de tenir la bride de l'équidé. Ce nouveau rôle lui convenait mieux et il avait la ferme intention de ne pas décevoir le chevalier une seconde fois. Il regarda la monture d'un air sourcilleux, droit dans les yeux, comme pour la convaincre qu'elle ne dut pas bouger d'une oreille ! Le chevalier la sella par des gestes calmes et précis. Ses mains larges montraient une peau burinée par le cuir, les cordages et la vie au grand air, mais elles semblaient en même temps capables par la justesse des gestes, d'une douceur attentionnée. Le chevalier se tourna ensuite vers le jeune homme et lui demanda son nom. « Peran ! cria avec enthousiasme le gamin.

— Alors Peran, merci de ton aide jeune écuyer », lui répondit le chevalier, le visage ouvert sur un large sourire.

Le chevalier monta son cheval et rejoint quelques pas plus loin le reste de l'équipée. Une fois tous regroupés et sans qu'aucun mot ne fut échangé, ils se mirent en route sans jamais regarder en arrière où la foule des villageois, bouche bée, leur firent des signes de la main. Le petit Peran sentit comme un courant chaud parcourir son corps. Ce fut décidé ; il serait chevalier !

Quelques années plus tard, le petit Peran avait grandi et quittait peu à peu les rives de l'enfance. Son désir de devenir chevalier ne s'était en rien amoindri, bien au contraire. Il s'était fait employer par l'unique maréchal-ferrant du village où il apprenait à mieux connaître les chevaux et un peu ce futur métier qu'il s'était attribué.

Mais les choses n'étaient pas si simples à Vérika…

# Un étrange royaume

En ces temps-là, la population vérikaine était répartie en classes sociales bien définies. Il y avait tout d'abord la noblesse qui seule pouvait accéder au pouvoir politique. Comme tout homme doit vivre dignement lorsqu'il s'occupe de la destinée d'un pays, les nobles avaient droit à quelques monopoles de ci de là, afin que leur situation de rentier les mette à l'abri de préoccupations trop… matérielles. Si cela partait d'une bonne intention après tout, de mettre les décideurs politiques en-dehors des compétitions économiques, il n'y en avait pas moins une corruption courante. Ce qui ne manquera pas de nous interpeller sur l'insatiable cupidité de l'être humain.

Il y avait ensuite le clergé qui avait la charge d'assurer le maintien et la transmission des règles sociales, l'éducation, la transmission et l'exploration du savoir et enfin servait de guide spirituel à la population dans son ensemble. La grande ancienneté du royaume lui avait appris qu'il n'était pas bon de ne garder qu'une seule croyance ou une seule église. Rien de tel que la concurrence pour éviter un trop grand conservatisme. Il y avait donc une multitude de religions qui avaient pour charge de pourvoir collégialement à l'éducation des enfants. Elle était donc le fruit d'un compromis constant, ce qui évitait les expériences les plus farfelues et les dérives sectaires. Chaque village avait son école et l'enseignement y était dispensé jusqu'à un âge de onze à quatorze ans selon le lieu. Sauf pour les enfants nobles ou certains bourgeois, pour lesquels un proviseur ou une école pouvait assurer l'éducation jusqu'à dix-sept ans.

Il y avait ensuite la bourgeoisie qui s'occupait de ce qui était matériel : le commerce, les manufactures, les banques, *et cætera.*

Et enfin venait le quatrième état, qui, comme partout ailleurs, avait juste le droit de travailler pour tous les autres.

À l'exception du clergé que l'on rejoignait par vocation, les classes sociales étaient définies par la naissance. Il arrivait parfois que des individus changeassent de statut social. Cela était rare car il fallait garder une grande stabilité à cette organisation, mais possible afin que les uns ou les autres ne se satisfassent trop facilement de leurs acquis ou ne se résignassent trop docilement à leur état.

Le royaume de Vérika connaissait donc un nombre incalculable de religions, sans qu'aucune ne prît le dessus sur les autres.

Il y avait des religions polythéistes qui se caractérisaient par des croyances nourries des frasques parfois très croustillantes et paradoxalement très humaines de leurs divinités. Ces religions-là semblaient inspirer une très grande créativité à leurs disciples tant ceux-ci fondaient temples, mausolées, chapelles ou statues à la gloire de la divinité qu'ils espéraient flatter. Mais ils avaient aussi cette fâcheuse tendance à recourir au sacrifice animal face à toutes sortes d'évènements, ce qui suscitait la désapprobation et le mépris des autres citoyens.

Il y avait aussi de nombreuses religions monothéistes. Il était d'ailleurs assez paradoxal de constater comment un seul dieu pouvait susciter autant de vénérations différentes.

Parmi les plus importantes, il y avait tout d'abord les Pharysianistes – les plus anciens – qui ne juraient que par un parchemin dont on avait perdu la trace plusieurs siècles auparavant. Inutile de dire combien les polémiques étaient intenses au sein de leur clergé, pour déterminer qui conservait la meilleure lecture du parchemin disparu. Il y avait aussi les néo-Pharysianistes, schisme émanant de la religion précédente et fondée cent quarante-trois ans auparavant, lorsque le grand prêtre de Pagonie, Pergamus XXXVII, affirma avoir redécouvert LE parchemin – celui que l'on croyait perdu depuis plusieurs siècles. Version contestée bien-sûr par les Pharysianistes et plus particulièrement par les Pharysianistes orthodoxes. Eux affirmèrent que la disparition du parchemin était indubitablement un acte divin et que le malheur du monde provenait de l'incroyable entêtement des humains à vouloir consigner leur histoire par écrit, à apprendre des erreurs des autres. Selon eux, chaque être devait redécouvrir le monde et vivre sa propre expérience. Sans doute par dépit, ils avaient banni de leur vie la lecture et l'écriture, et brûlaient tous les livres ou papiers qui tombaient sous leurs mains dans de grands feux de joie.

Il y avait ensuite les Manistes qui eux aussi croyaient en un seul dieu mais pourvu comme l'univers d'une dualité indissociable. Ils se revendiquaient les apôtres d'un prophète qui aurait vécu des siècles auparavant et séjourné de très nombreuses années dans des pays bien au-delà des montagnes de l'est. Ce dernier point était une source permanente de moqueries de la part de leurs concitoyens. Nul n'avait jamais franchi les montagnes et les hauts plateaux de l'est et surtout n'en était jamais revenu. Comment pouvait-il y avoir d'autres peuples au-delà ?

Il y avait enfin les Crucifistes sans doute les plus folkloriques puisqu'ils croyaient non seulement à un dieu unique mais aussi à toute sa famille. Ils croyaient également que des membres de cette famille avaient tenté de sauver le monde en mourant ! Quoiqu'il en soit, ils avaient gardé de cette histoire des rituels d'une morbidité affligeante.

Enfin il y avait l'athéisme qui semblait attirer essentiellement des intellectuels. Tenter d'expliquer le monde sans lui trouver de raison supérieure était sans doute une entreprise trop angoissante pour la plupart des citoyens.

Le monarque – un roi ou une reine – avait pour charge de veiller à la sécurité de ses sujets, d'administrer la justice, de garantir l'intégrité du royaume, etc. Pour cela, des prérogatives régaliennes comme le droit de lever des impôts, de battre monnaie ou de lever une armée, ainsi qu'une administration centrale lui étaient réservées.

Autour de ce monarque, la Cour constituée de tous les nobles d'un certain rang, votait les lois. Le monarque, lui, était élu à vie et transmettait sa charge dans l'ordre de la primogéniture masculine, puis primogéniture féminine. En réalité, il était rare qu'il ait le doux plaisir de terminer son règne. Les jeux de pouvoir, discrets mais intenses, renversaient le monarque assez souvent. La plupart du temps il s'agissait d'un vote pacifique de disgrâce où le monarque en place était tout simplement banni ou emprisonné quelque temps. Mais parfois certains prétendants hardis préféraient des méthodes plus radicales et définitives…

Au royaume de Vérika, les chevaliers étaient très généralement issus de la noblesse. Ils constituaient le fer de lance de l'armée royale et passaient la majeure partie de leur temps à s'entraîner. Ils s'agissaient presque toujours des fils cadets ou benjamins des familles nobles. Ainsi leur disparition au combat ne mettait pas en péril la succession des terres. Ces personnes, exclues de tout héritage possible, n'en étaient donc que plus motivées au combat, tant celui-ci leur paraissait comme la seule vocation honorable à leur portée.

La chevalerie tenait aussi une place importante dans le lien social. Parce qu'elle occupait une place centrale dans la défense du royaume – la chevalerie étant appelée à porter le coup décisif au cœur de la bataille – et parce que la noblesse montrait ainsi qu'elle en payait le prix du sang, on acceptait alors de lui accorder sa place de seigneur.

# Vers Pagonie

Ainsi donc notre Peran, jeune adolescent du quatrième état, ne pouvait guère espérer devenir un jour chevalier. Un soir il interrogea sa mère : « Comment devient-on chevalier maman ? » La mère sourit comme sourient parfois les adultes devant l'apparente candeur des enfants. « Il faut avant tout être bien né et ensuite suivre un apprentissage long et difficile. »

Elle avait appris à connaitre son fils et comprit que derrière cette question pointait une envie féroce. Elle comprit aussi au moment où elle prononça sa phrase, combien elle pouvait être cruelle : *« Il faut être bien né… »* Mais n'était-ce pas aussi son rôle que d'apprendre à ses enfants les réalités de la vie ? La mère regarda Peran et vit sa mine interloquée. « Ne suis-je pas bien né moi aussi puisque je suis en vie ? demanda-t-il. La mère sourit devant ce délicieux mot d'enfant.

- Je veux dire par là qu'il faut être de famille noble et tu sais bien que ce n'est pas notre cas », expliqua sa mère.

Peran avait compris depuis bien longtemps qu'il n'était pas noble, mais ces distinctions lui avaient paru si abstraites jusqu'ici qu'il ne s'en était jamais ni soucié ni intéressé. Pour la première fois il comprenait leur importance, car il en subissait brutalement les effets.

Les adolescents ont pour eux la vivacité de leur âge et l'absence de toutes ces peurs qui paralysent ou agitent d'ordinaire les adultes. Peran avait le sentiment qu'à cœur vaillant rien ne serait impossible, qu'il trouverait, lui, les moyens de réussir car son envie ne connaissait pas de limites. « Je serai un jour chevalier », dit-il simplement, comme on rappelle une promesse. Sa mère ne renchérit pas, ne voulant pas décourager son fils. Elle se dit qu'un jour celui-ci prendrait conscience des réalités mais que ce jour n'était peut-être pas encore arrivé…

Pendant les mois qui suivirent, le jeune Peran chercha à rassembler des informations sur les chevaliers. Il y avait peu de livres disponibles dans son village, alors il recueillait des informations auprès d'un peu tout le monde et surtout des quelques marchands qui commerçaient avec les villageois. Ceux-là voyageaient beaucoup et savaient nombre de choses sur le monde extérieur. Il apprit ainsi que c'était le monarque qui adoubait les chevaliers et qu'aucune règle précise ne définissait quand un prétendant était susceptible de l'être. La coutume voulait que les élèves de l'académie militaire royale ayant suivi jusqu'au bout leur enseignement fussent promus, mais que tout soldat ayant fait preuve d'une vaillance ou d'un courage exceptionnel au combat, ou tout sujet ayant réalisé un exploit pour le bien de son royaume ou du monarque pût également être adoubé. Peran vit dans cette information une lueur d'espoir. Il était donc possible de devenir chevalier sans être noble. Mais il réalisa aussi à ce moment que son principal obstacle était de ne pas se trouver à Pagonie, la capitale.

Il lui fallait rejoindre cette ville. Une fois sur place il lui serait beaucoup plus facile d'arriver à ses fins. Quelques jours plus tard il fit part à ses parents de son projet. Peran venait d'avoir quatorze ans et en ces temps-là il n'était pas rare que des garçons aussi jeunes quittassent leur foyer – particulièrement ceux du quatrième état, plutôt par nécessité que par choix. Mais les parents de Peran ne se réjouissaient pas de cette perspective. Sans être riches, ils arrivaient à subvenir aux besoins de leur famille de quatre enfants. Peran était le troisième de la famille et ses deux frères aînés aidaient déjà bien leur père à la ferme.

« Je suis bien assez grand pour vivre là-bas. Je travaillerai comme palefrenier », lança-t-il comme argument. Il se garda bien de mentionner sa véritable ambition, ne voulant pas paraître trop irréaliste à ses parents. Devant la moue dubitative de son père, Peran renchérit. « Toi aussi tu as bien quitté ton village quand tu avais quatorze ans ! Et puis ici je n'apprends plus rien, j'ai fini mon école dès cette année.

– Et comment te rendras-tu là-bas ? demanda le père. Il y en a au moins pour dix jours de marche !

– J'accompagnerai un marchand. Le gros Pantanel m'a dit qu'il était d'accord », répondit Peran plein d'enthousiasme, devinant bien que si l'on en était à négocier les modalités, cela voulait dire que le principe était acquis.

Finalement ses parents acceptèrent contre la promesse que Peran revienne au pays au moins une fois par an jusqu'à sa majorité. Peran aurait très bien pu revenir trois fois l'an s'il avait fallu. Ce genre de contraintes lui semblait bien léger au regard des satisfactions qu'il espérait en retour.

À la fin de son année scolaire, Peran du haut de ses quatorze ans entreprit son long voyage. Le jour venu, il embrassa ses parents, ses frères et sa sœur, et monta sur la charrette du gros Pantanel. Celui-ci effectuait son retour vers Pagonie où il tenait commerce. Peran tout excité par son aventure fit de longs signes de la main à sa famille qui, elle, le quittait dans la tristesse.

« Hidigooo ! » cria Pantanel de sa grosse voix et les deux équidés tressaillirent de peur et tirèrent le chariot à travers le chemin boueux. Peran regarda longtemps en arrière en direction de ses proches et du village de son enfance, jusqu'à ce que la sinuosité de la route les fit disparaître. Il ressentait une excitation vive, un mélange de peur et de plaisir devant l'inconnu, une jubilation d'avoir réussi – jusqu'ici – tout ce qu'il avait entrepris.

Le voyage dura une semaine environ, pendant laquelle Pantanel et Peran discutèrent de dizaines de choses. Parfois lorsque la pente était trop prononcée, Peran devait descendre de l'attelage pour marcher à côté et même parfois prêter main forte. Le soir ils montaient une tente et allumaient un feu.

Lorsqu'au détour d'un col, Peran fut en mesure de voir la capitale pour la première fois, il sentit une émotion palpitante monter en lui. La lourdeur du cabas et la douleur aux pieds firent place à une excitation joviale. Ça y est, la voilà !

Pagonie, la plus ancienne ville du royaume avait été fondée sur une petite colline au bord d'une rivière calme. Sans doute les défenses naturelles que constituait cette colline avaient décidé de son implantation et favorisé son développement. Le Palais royal gisait majestueusement du sommet de cette colline jusqu'à la rivière, bordé de longs murs de pierre qui courraient tout autour. La population vivait dans des habitations qui paraissaient agglutinées à ce palais ; comme si, pour les murs comme pour les hommes, il était bon de se tenir chaud.

Les rues de la capitale grouillaient de monde. Des hommes et des femmes originaires des quatre coins du royaume allaient ici et là sans qu'il soit possible d'accorder la moindre rationalité à leurs déplacements. C'était comme une fourmilière ; chacun allait à son affaire comme si les autres n'existaient pas. Toutes sortes de personnages vagabondaient dans les rues. Porteurs d'eau, rémouleurs, dresseurs d'ours ou vitriers se mêlaient aux citoyens ordinaires. De temps en temps, deux ou trois passants s'arrêtaient brièvement pour discuter ensemble, puis repartaient dans leurs directions initiales. Seuls quelques marchands à l'étalage fournie et haranguant les chalands d'une langue bien pendue, donnaient l'impression de s'intéresser aux autres.

Arrivé chez lui, Pantanel embrassa vivement sa femme en la soulevant du sol avec son gros ventre. Son arrivée fut célébrée par une envolée de cris enfantins, mêlés à son rire caverneux et satisfait. Pantanel proposa à Peran de se joindre à eux pour le déjeuner. Après ce repas de fête, Pantanel conduisit Peran à sa porte. « Il te faut continuer une demi-lieue[1] vers le centre. Là tu verras sur ta gauche un grand bâtiment ; ce sont les écuries royales et l'académie. Bonne chance à toi mon garçon ! » lui dit-il en l'encourageant d'une bonne tape sur l'épaule.

---

[1] La lieue est une distance d'environ 3 à 5 kms, correspondant approximativement à la distance parcourue en une heure par un homme à pied.

Peran remercia Pantanel, prit son cabas et emprunta la direction indiquée. Plus que jamais il se sentait libre, vivant sa propre aventure.

# L'académie militaire

Au fur et à mesure qu'il s'avançait vers le cœur de la ville, la frénésie des habitants semblait se densifier. Alors que tous bougeaient, celui qui attrapa son regard fut une personne qui, elle, restait immobile. Un vieil homme famélique aux cheveux gris et gras mendiait en tendant une tasse de zinc à l'adresse des passants. Ceux-ci faisaient mine de ne pas le voir. Il bafouillait à travers trois chicots héroïques un « à vot' bon cœur » chevrotant.

C'est la première fois que Peran voyait un mendiant. Oh dans son village, il y avait bien quelques vieux esseulés ou quelques parias solitaires. Mais aucun ne mendiait dans la rue. D'ailleurs la rudesse de l'hiver ne leur aurait pas laissé ce loisir. Non, chez lui les vieux trouvaient toujours moyen d'échanger quelque menu service contre une obole. Les vieux paysans louaient leurs lopins de terre, les vieilles vendaient leurs philtres, repiquaient les pantalons ou tiraient les cartes.

Le mendiant remarqua très vite que Peran le regardait fixement. « Qu'est-fe tu'm veux toi ? Interrogea violemment le mendiant. T'as qu'à aller ailleurs, ifi f'est mon coin, renchérit-il sans avoir donné à Peran l'opportunité de répondre.

— Je ne cherche pas à mendier, se défendit Peran.

– Bougre de facripant, ve ne mendie pas, ve travaille moi. Fous donc ton camp loin d'ifi. »

Et le vieil acariâtre joint à ses paroles une lapidation imaginaire. Peran se détourna du personnage, visiblement plus généreux en postillons qu'en bonnes intentions et progressa en direction du centre de la cité.

Au bout d'une dizaine de minutes, il entama une rue plus large que les autres et comprit vite qu'il était arrivé à destination. Au bout de ce boulevard, on pouvait voir au fond les portes majestueuses du Palais et sur la gauche une grande bâtisse d'environ dix étages de hauteur qui occupait la totalité du bloc. Sa partie basse n'était qu'un long mur lisse laissant juste quelques portes et sa partie haute était parsemée de petites fenêtres aux huisseries en bois sombre. Arrivé à son milieu, Peran regarda avec soin la façade. Au-dessus des portes principales, devant lesquelles deux jeunes gardes veillaient, une longue inscription en fer forgé annonçait : « Académie Militaire. » Juste en-dessous, en caractères plus petits, on pouvait lire : « *Audaces fortuna juvat.* »[2]

---

[2] *La chance sourit aux audacieux* – Virgile – Enéide

Peran sans le savoir, prit au mot cette vieille maxime, s'approcha d'un des gardes et sur le ton le plus naturel lui dit : « Bonjour, je viens pour le poste de palefrenier. » Il n'y avait bien-sûr jamais eu de poste de palefrenier, mais malgré son jeune âge, Peran avait déjà compris que parfois une rumeur peut devenir réalité : il suffit que tout le monde y croit ! Le jeune garde qui n'avait pas beaucoup plus d'années que lui, le regarda tout aussi peu assuré et répondit : « Va voir avec l'administrateur. C'est la prochaine porte sur la gauche. » Rassuré par ces débuts prometteurs, Peran se précipita vers la porte indiquée.

Celle-ci était beaucoup moins imposante que la précédente et plutôt que de fringants guerriers, une poignée de bras-cassés dirigée par un vieux comptable grisonnant la gardait. Ceux-là vidaient les chariots qui apportaient des marchandises à l'académie, pendant que leur chef répertoriait sentencieusement sur un grand livre de compte, tout ce qui entrait ou sortait. Peran s'adressa fièrement au vieux comptable : « Bonjour, je voudrais voir l'administrateur, c'est au sujet du poste de palefrenier. » Le vieux comptable termina calmement son écriture en prenant soin de sa plume. Il baissa ensuite la tête pour regarder Peran pardessus ses binocles. « Jeune homme, en deux cent cinquante-huit mois de service, je n'ai jamais entendu parler d'une telle sottise ! », cria-t-il. Peran blêmit en l'instant. Il s'était laissé griser par l'apparente facilité rencontrée jusqu'ici et venait de commettre sa première imprudence. « C'est évidemment l'écuyer-major qui est responsable des soixante-quatorze palefreniers de l'établissement, l'administrateur lui n'est responsable que de sa marche générale et de ses comptes », continua le comptable, remontant ses binocles sur le haut du nez comme pour ponctuer sa phrase. Peran poussa intérieurement un énorme soupir de soulagement. Il vit ce qu'il crut être un petit éclat malicieux dans le regard broussailleux du vieil homme. Revenu à un peu plus de modestie, Peran demanda où il pouvait trouver cet écuyer-major. « Tu continues l'allée centrale tout droit, à la neuvième poutre tu tournes à gauche, tu débouches sur le parvis central, tu tournes à droite et longes les écuries. À la première porte tu y es. » Peran remercia aussitôt le vieil homme qui ne répondit pas et qui se remit à ses comptes.

Peran suivit scrupuleusement les indications. Chemin faisant, il put admirer la taille du bâtiment. Dire qu'il était beau eut été exagéré. Mais il avait été construit au cours de plusieurs époques et chacune avait vu s'adjoindre une aile ou une installation, si bien que l'ensemble donnait parfois l'impression d'une grande improvisation et l'intense activité humaine et animale renforçait ce sentiment.

Arrivé à destination, Peran frappa timidement à la porte restée ouverte. L'écuyer-major était un grand homme sec d'une trentaine d'années. Ses cheveux noirs et fins formaient une longue mèche sur le front. Le teint mat, des yeux noirs regardant au loin et avec un pli profond sur chaque joue, il portait toujours de longues bottes de cavalier et un manteau de cuir noir au col relevé. L'écuyer-major avait su se faire respecter de tous par sa grande connaissance des chevaux et aussi à travers son attitude énigmatique. Il était vrai qu'il parlait peu et semblait n'avoir aucune vie sociale. L'homme qui savait parler aux chevaux ne parlait plus aux hommes…

« Oui ? demanda sobrement l'écuyer-major à l'adresse de Peran.

– Je voudrais être palefrenier ici. Je travaille dur et je connais les chevaux. »

Peran ne parla pas du poste de palefrenier imaginé. Il se dit que si une personne au monde connaissait la réalité des postes vacants, ce devait être lui.

L'écuyer-major tourna son regard vers Peran. Il l'observa en détail de la tête aux pieds sans mot dire. Après ces moments de silence qui parurent à Peran infiniment longs, l'écuyer-major lui demanda : « Quel est ton nom ?

– Peran ! » répondit-il plein d'entrain, voulant montrer son enthousiasme.

L'écuyer-major s'approcha de son bureau en bois, sortit une petite feuille de papier et se mit à écrire quelques mots. « Tu es affecté au onzième duodécain. Donne cette lettre à l'écuyer en charge », dit-il en tendant la feuille. Peran la prit et le remercia vivement. Il n'avait pas idée de ce qu'était un *duodécain*, mais s'en satisfaisait pleinement. Le fait d'être affecté quelque part suffisait à son bonheur.

Sorti du bureau et gardant précieusement la lettre contre lui comme s'il s'agissait de pièces d'or, Peran chercha le onzième duodécain parmi le dédale de cours, couloirs et allées du bâtiment. À force de demander son chemin, il apprit qu'un duodécain désignait une unité militaire composée de douze apprentis-chevaliers et leurs montures, et qu'il y avait en tout vingt-trois duodécains à l'académie. Six pour chacune des trois premières années d'instruction et cinq pour la dernière. Le onzième duodécain était composé d'élèves de troisième année, par la grâce d'une règle d'affectation numérique particulièrement sibylline.

Au bout d'une quinzaine de minutes, Peran trouva enfin les écuries du onzième duodécain, indiquée comme toutes les autres par un de ces blasons que les militaires affectionnent tant. Il trouva l'écuyer en charge et s'introduit à lui en lui tendant le précieux papier. L'écuyer en charge du onzième s'appelait Sépharin. C'était un bonhomme jovial et rondouillard. Il ponctuait chacune de ses phrases d'un petit rire saccadé que n'aurait pas renié une chèvre.

« Alors tu es affecté chez moi, hi-hi-hi ? et sans laisser à Peran le temps de répondre, il enchaina : Bon ben, c'est très simple tu dors dans le dortoir au fond avec les autres. Tu as trois repas par jour au réfectoire des communs. Ça tu trouveras facilement, il suffit de suivre les autres hi-hi-hi. Ensuite tu as quatre chevaux à t'occuper : Bergamote au n°3, Formique au n°5, Brutus au n°6 et César au n°8. Bon tu verras ce ne sont pas de mauvais bougres, hi-hi-hi. Chaque semaine tu touches deux soles chez le comptable, ça aussi tu trouveras hi-hi-hi. Bon allez, tu peux t'installer, hi-hi-hi. »

# Peran le palefrenier

C'est ainsi que commença un pan de vie de Peran en tant que palefrenier de l'académie militaire. Les mois qui suivirent s'enchaînèrent incroyablement vite dès que les habitudes quotidiennes se furent installées. Premier soin des chevaux le matin, changement de la paille deux fois par semaine, préparation des chevaux l'après-midi, etc.

À chaque fois qu'il le pouvait, Peran essayait de s'approcher des cours ou des bibliothèques pour essayer de capter un peu leur enseignement. Il le faisait en écoutant aux portes des cours quand il avait un peu de temps libre. Il avait aussi sympathisé avec le bibliothécaire, qui l'autorisait à rester un quart d'heure chaque soir à condition qu'il ramassât pour lui les livres laissés sur les pupitres.

Il essayait aussi d'apprendre en observant les apprentis-chevaliers, ce qui était difficile tant ils étaient différents les uns des autres : du jeune prétentieux imbu de lui-même au placide imperturbable et chanceux, de l'indiscipliné resquilleur au timide réfléchi et songeur. Ils ne semblaient pas avoir de trait commun qui pût lui servir de modèle.

Peran apprit aussi à connaître certains personnages de l'académie. L'écuyer-major en était indiscutablement un des principaux. Avec lui toute forme de communication se bornait au minimum utilitaire et personne ne pouvait se prétendre son ami. Mais Peran pensait qu'il avait beaucoup à apprendre auprès de lui. Aussi il le regardait agir à chaque fois que l'écuyer-major devait intervenir sur un cheval. Parfois même il s'approchait en silence pour essayer de comprendre ce que l'écuyer-major murmurait aux chevaux. Il lui semblait que cette communication était faite autant de silence que de paroles, mais Peran ne réussit jamais à les entendre. Cet homme gardait tout son mystère…

Il y avait un autre personnage que Peran apprit à apprécier. Les gens de l'académie l'avait appelé « Gono le fou » et il portait bien ce nom. Il était impossible de lui attribuer un âge tant la folie marquait son visage. Il était petit avec une tignasse raide et poivre-et-sel. Mais doué d'une force peu commune, il était capable de soulever de très lourdes charges. À l'académie on lui avait attribué ou il s'était attribué – là-dessus les avis divergeaient et l'information s'était perdue au fil du temps – le rôle de porteur d'eau. Tous les matins dès l'aube, il prenait un gros seau dans chaque main et transportait depuis les citernes d'eau de pluie jusqu'aux abreuvoirs, la ration quotidienne des chevaux. Il accomplissait sa tâche avec une frénésie angoissée, comme si le monde allait s'écrouler si elle n'était pas accomplie. Ainsi dans le silence et la brume matinaux, l'académie se trouvait comme hantée par cette silhouette ronde et déhanchée, et par le bruit saccadé de ses pas. Une fois les abreuvoirs remplis, il versait dans une béatitude satisfaite pour tout le reste de la journée. Et quoiqu'il se passât, rien ne pouvait plus l'atteindre. Il regardait la vie autour de lui comme s'il s'agissait d'un spectacle monté à son intention ; se permettant des commentaires ou des quolibets en toutes occasions, qu'on lui pardonnait eu égard à son statut de fou. Il semblait aussi avoir le don unique d'être toujours là quand quelque chose se passait ; comme s'il possédait l'instinct du parfait commérage.

« *Garamondonondsafat* ! fut le mot que prononça Gono lorsqu'il vit Peran pour la première fois.

– Quoi ? demanda Peran interloqué.

– *Garamondonondsafat* ! reprit Gono en pointant Peran du doigt et en souriant benoîtement d'une oreille à l'autre.

– Ça veut dire quoi et pourquoi tu dis ça ? demanda Peran. Le sourire de Gono retomba aussitôt de déception.

– Bof et bien tu verras bien, et Gono fit demi-tour et fila dans le grenier à foin.

– Te bile pas pour lui hi-hi-hi, lui dit Sépharin qui avait assisté à la scène. C'est Gono le fou hi-hi-hi. Il fait toujours des trucs comme ça. Au début ça surprend, mais après on n'y fait plus attention hi-hi-hi.

– Mais ça veut dire quoi son charabia ? demanda Peran.
– Ben ça personne n'en sait rien, hi-hi-hi ! » Cette fois-ci Sépharin riait vraiment.

Peran se prit de sympathie peu à peu pour ce fou étrange. Gono n'était pas un homme avec qui on pouvait nouer des liens ordinaires. L'amitié, la fidélité, les valeurs morales étaient des concepts qui perdaient leurs sens dans son univers mental. Mais Peran appréciait ce personnage iconoclaste et pour peu qu'on n'espérât rien de lui, Gono pouvait beaucoup donner.

C'est ainsi que les mois passèrent dans l'univers à la fois riche et clos de l'académie militaire. À la fin de sa première année à l'académie, il put assister à la cérémonie de gradation en sa qualité de palefrenier. Cette cérémonie marquait la fin d'une année scolaire et permettait à chaque apprenti-chevalier de savoir s'il était accepté à passer en année supérieure ou pas. Ceci n'était valable que pour les apprentis des trois premières années, puisque la cérémonie d'adoubement se déroulait, elle, au Palais royal.

Ainsi donc Peran put enfin entrer dans la salle principale de l'académie, là ou se déroulait tous les grands évènements ou cérémonies. Cette salle, que l'on appelait *Aula Maxima,* était d'ordinaire interdite aux palefreniers et autres postes subalternes, mais le jour de la gradation constituait une exception. C'était la salle la plus ancienne puisqu'en réalité l'académie s'était bâtie tout autour et elle avait gardé de ses origines des lustres et décorations d'une exceptionnelle beauté – ce qui dénotait nettement du caractère spartiate des autres bâtiments. Peran profita de l'occasion pour l'admirer. La voute était dorée et recouverte de peintures gigantesques. Il s'agissait d'allégories louant les quatre vertus que l'on attendait des chevaliers. Il y avait aussi une vingtaine de très grands tableaux sur les murs de la salle, mais il ne pouvait ni les voir en entier, ni lire les légendes à cause de l'affluence exceptionnelle.

La cérémonie commença puis fut d'une monotonie languissante. Le recteur, secondé de l'administrateur, déclamait une liste interminable de noms suivis d'un : « est admis en année supérieure » ou bien d'un : « n'est pas admis à poursuivre ». En même temps que Peran regardait la salle, son esprit était bercé par la litanie des patronymes. Dans son cerveau embrumé elle lui paraissait telle l'énumération des escales d'un long voyage :

« …de Bruineville, est admis en année supérieure ;

de Brussancourt, n'est pas admis à poursuivre ;

Brussandot, est admis en année supérieure ;

de la Caromancie, est admis en année supérieure ;

de la Cassagnère, n'est pas admis à poursuivre ;

de Catanaggi, est admis en année supérieure… »

Et ainsi de suite pendant de très longues minutes.

Une fois la lecture terminée, le recteur prononça les quelques phrases traditionnelles en cette occasion et l'assistance tout entière se mit à quitter la salle. La plupart des mines étaient satisfaites, mais quelques unes avaient la mâchoire serrée. Les apprentis-chevaliers pouvaient dorénavant quitter l'Académie pendant les mois de relâche de celle-ci, qui se déroulait chaque année des moissons aux vendanges.

La curiosité poussa Peran à visiter les lieux une fois que la foule les eut quittés. Il regarda en détail les grands tableaux sur les murs. Ils représentaient des chevaliers dans des instants héroïques ou victorieux de l'histoire de Vérika. Une courte légende évoquait ce que l'on cherchait à glorifier :

*Victoire du roi Prenus III sur les armées frisaques.*

*Reddition du seigneur de Bergestadt.*

*Le débarquement à Vantolie.*

*Fin du siège de Curnacova, la ville et sa bibliothèque brûlent.*

*Les armées coranthiennes se rendent.*

*Bataille de Curcova : la résistance héroïque du XV$^{ème}$ duodécain.*

Peran regardait avec admiration ces tableaux lorsqu'une voix derrière lui le fit sursauter. « C'est impressionnant n'est-ce pas ? ». Peran se retourna immédiatement et vit le recteur de l'académie regardant lui aussi le tableau. Peran connaissait le recteur pour l'avoir croisé quelques fois, mais n'avait jamais eu affaire à lui. On le reconnaissait aisément à sa carrure impressionnante – il avait été autrefois vainqueur de nombreux tournois et général en chef des armées – et à cette espèce de béret de soie large, plat et à vrai dire ridicule que portaient traditionnellement les hommes de sa fonction.

« Oui, c'est vrai, répondit simplement Peran, réalisant bien que sa réponse manquait d'originalité.

– Sais-tu ce qui s'est passé à la bataille de Curcova ? demanda le recteur, son rôle de pédagogue reprenant le dessus.

– Non », répondit Peran.

Le recteur raconta alors calmement cette histoire comme on raconte au coin du feu : La bataille de Curcova se déroula trente-quatre ans plus tôt lorsque les troupes du royaume de Morana avaient commencé d'envahir Vérika et surpris son armée. Celle-ci se déploya en campagne allant à la rencontre de l'ennemi. Mais l'armée de Morana exclusivement composée de cavaliers légers extrêmement rapides, eu l'audace incroyable de contourner l'armée vérikaine et de fondre directement sur Pagonie sans que les troupes royales lourdement équipées et constituées majoritairement de fantassins, ne pussent réagir à temps. La route empruntée par les cavaliers de Morana, plus longue, passait par la petite ville de Curcova, la seule pourvue d'un pont permettant de franchir la rivière qui leur barrait la route vers Pagonie. Avertis de la manœuvre, les derniers défenseurs de Pagonie se rendirent rapidement dans la ville de Curcova toute proche, estimant avec raison, que s'il restait une chance d'arrêter l'ennemi, ce serait sur ce pont. On réquisitionna pour cela les derniers combattants disponibles : quelques éléments de la Garde royale et les apprentis-chevaliers de l'académie militaire. Et c'est au cours de la défense du pont de Curcova que les quelques centaines de défenseurs vérikains réussirent à tenir en échec les milliers de cavaliers de Morana ; le temps que l'armée vérikaine puisse revenir sur le lieu de la bataille et les prendre à revers. C'est aussi au cours de cette bataille que le quinzième duodécain de l'académie opposa une résistance héroïque et ultime, car tous se firent tuer et son étendard fut pris puis brûlé par l'ennemi. En définitive la manœuvre de l'armée de Morana se révéla d'une témérité inutile, puisqu'ils se firent presque tous massacrés par l'armée vérikaine, lorsque celle-ci revint sur eux.

Enfin le recteur se mit à relater les évènements historiques qui étaient dépeints sur les autres tableaux. Tous relataient des évènements militaires plus ou moins connus, impliquant l'armée vérikaine et s'étant soldés par une victoire. La plupart de ces guerres avaient accompagné la fulgurante expansion territoriale du royaume de Vérika. Peran écoutait attentivement, tout impressionné par ces récits.

Mais après avoir laissé Peran méditer en silence, le recteur prit une voix grave et dit :

« Ne te laisse pas griser par tous ces tableaux.
- Comment ça ? fit Peran surpris. Le recteur se pencha vers Peran en le regardant de ses grands yeux bleus d'acier et poursuivit.
- Toute médaille à son revers. Nous ne voyons ici que gloire et prestige parce que c'est l'image que nous aimons retenir. Mais à vrai dire nous sommes comme ces sauterelles qui déciment des continents lointains : Au début nous sommes pacifiques, emprunts d'humanisme et respectueux. Notre royaume progresse, achève de grandes réalisations. Et puis vient le temps où nous n'arrivons plus à inventer l'avenir mais restons à ressasser notre passé. Enivrée par notre

réussite, notre fierté se mue en orgueil. Nous nous transformons peu à peu en meute arrogante et prédatrice. Nous lançons alors les plus vaillants mais aussi les plus sanguinaires et tourmentés d'entre nous à l'assaut de terres qui ne sont pas les nôtres. Nos conquêtes sont d'autant plus cruelles qu'elles sont exécutées avec toute la maîtrise d'un peuple repu et entraîné, avec bonne conscience, avec cette terrifiante assurance de ceux qui croient œuvrer pour le bien. »

Un bref silence suivit cette tirade. Peran était comme déboussolé.

« Comment pouvez-vous dire ça, vous le héros militaire ? balbutia Peran.

– Je le dis comme je le pense et comme la vie me l'a appris. Je ne suis plus ce chevalier téméraire, douze fois vainqueur du tournoi général et plus jeune maréchal du royaume. La voix du recteur se fit alors plus douce. Oui, c'est la vie et mes erreurs qui m'ont apportées un peu de lucidité sur le cours des choses.

– Il ne faut pas se réjouir de ces victoires ? demanda Peran. Le recteur réfléchit quelques instants, puis enchaina.

– Il ne faut surtout pas oublier que pour chaque vainqueur, il y a un vaincu et que l'un est aussi important que l'autre. Je te l'ai dit : chaque médaille a son revers. Ne retenir qu'un seul côté revient à occulter une moitié de la réalité. Mais celui qui veut embrasser la vie à pleines mains, celui qui cherche à s'approcher de la vérité, ne peut se permettre cette facilité. »

Peran resta songeur quelques instants. Le recteur sourit pour le rassurer et l'escorta jusqu'à la sortie. Peran après avoir remercié le recteur, rejoint les autres palefreniers et serviteurs au réfectoire, où la soirée était exceptionnellement festive et alcoolisée. Peran y participa joyeusement. Cette nuit-là fut celle de rêves particulièrement riches, sous le double effet de l'alcool et des émotions vécues.

# Le royaume en danger

À cette époque le monarque était, fait rare, une reine. C'était une petite femme d'une quarantaine d'années qui régnait sous le nom de Brindisia II. Elle avait voué toute son existence à la conquête du pouvoir et avait démontré pour cela la plus grande des habiletés. Il ne s'agissait en aucun cas de séduction mais uniquement de ruse et de manipulation. Son âme, rongée par l'ambition, avait perdu toute once de féminité depuis bien longtemps. Et des années de politique dans les entrailles d'un pouvoir phallocrate lui avaient appris à ne jamais baisser la garde. Elle avait épousé à l'âge de seize ans le roi Prenus VI et n'ayant pas eu de progéniture au décès de celui-ci, lui succéda sur le trône. Son apparente stérilité et le décès prématuré et inexpliqué de son mari, avaient nourri à son encontre des soupçons féroces. Mais l'absence de preuve, son intransigeance dans la gestion des affaires et sa capacité incomparable à surprendre ses adversaires avaient fait taire, pour le moment, toute contestation de sa légitimité.

La Cour se présentait sous la forme d'un vaste salon rectangulaire où le monarque siégeait face à un hémicycle d'une centaine de courtisans. Chaque seigneur présent prenait une chaise et se mettait derrière le seigneur avec lequel il était le plus en accord. Il lui était ainsi permis, par des mouvements de chaise, d'affirmer son opinion sans mot dire. Réciproquement un meneur d'opinion pouvait aisément compter ses fidèles en se retournant et vérifier le positionnement des courtisans. Le terme « chef de file » prenait là tout son sens. Mais aussi un courtisan pouvait se mettre entre deux files s'il considérait son opinion indéterminée, ou à toute autre localisation géographique qui reflétait le mieux son état d'esprit.

Bien sûr, ni la tromperie ni les manœuvres n'étaient absentes de ce jeu-là. Un chef de file pouvait par exemple, envoyer quelques uns de ses fidèles se mettre derrière un chef de file opposant, de sorte que celui-ci croit avoir une influence ou un soutien plus important qu'en réalité. Ceci pouvait l'amener à s'enhardir, à se découvrir ou à réclamer un vote prématurément. Mais au moment du vote, les courtisans trompeurs votaient en faveur de leur chef de file initial. On appelait cette manœuvre une *poulinade*, du nom du premier qui la mit en pratique.

De même il était possible à un chef de file visé par une tentative de *poulinade* d'entrer en tractation secrète avec les courtisans missionnés, afin de les retourner contre l'instigateur initial. On appelait cela une *buissonnière*, du nom du premier qui la mit en pratique.

Et similairement, toutes sortes de coups-bas, intimidations, tromperies, trahisons, alliances, sapes, revirements accompagnaient les petits bruits de chaises se déplaçant sur le parquet en bois.

Toutefois, si les coups-bas étaient courants, il n'en restait pas moins que les seigneurs prenaient leur fonction au sérieux. Leur moralité était peut-être douteuse, pas leur implication. La Cour jouissait de droits importants et pouvait par une majorité des trois-quarts renverser un monarque. Les chefs de file étaient les plus ambitieux et les plus rusés. Ils pouvaient rallier à eux les moins convaincus parfois par marchandage mais le plus souvent par leurs discours. Ainsi les prises de paroles des chefs de file étaient des moments importants pour rassembler le plus de soutien possible. Les courtisans avaient parfaitement conscience de l'importance de la rhétorique, ce qui les amenait parfois à confondre éloquence avec loquacité.

Ce jour-là, la Cour discutait des impôts nouveaux qu'il fallait lever pour renforcer l'armée royale déjà forte de dix mille hommes. La reine nourrissait en effet le dessein d'augmenter son armée de moitié. Elle le justifiait en invoquant le bilan de la précédente guerre contre le royaume de Morana tout proche, au cours de laquelle son armée, bien que victorieuse, avait été terriblement décimée. De surcroît Vérika devait cette victoire bien plus à la chance qu'au mérite des combattants vérikains.

Ainsi la reine, après avoir rappelé les faits, tentait de convaincre la Cour de voter un édit par lequel cette nouvelle ambition militaire serait financée : « N'y a-t-il pas un grave danger à se reposer sur le hasard ? Qui peut affirmer aujourd'hui que les combattants ennemis ne reviendront pas prochainement encore plus nombreux ? Le nombre actuel de combattants pour la couronne s'avèrerait alors nettement insuffisant. Je vous laisse imaginer quelles seraient les conséquences d'une défaite face à ces hordes sauvages. Nous perdrions alors terres, vies, or et honneur. Préparer le royaume à cet affrontement est notre devoir. Ma requête auprès de vous n'est qu'une simple mesure de bon sens, que seule une imprudence frivole pourrait entraver. » Ces propos furent accueillis par des applaudissements polis.

Mais bien-sûr, tous ne partageaient pas son avis. Soit authentiquement ils pensaient différemment, soit par principe ils s'opposaient au pouvoir en place. Et dès que les sujets devenaient un peu compliqués, il y avait beaucoup plus des seconds que des premiers.

Le vicomte de Bermadie, un des opposants les plus zélés, prit aussitôt la parole : « Comment croire Votre Altesse, que votre projet n'est motivé que par des soucis de sûreté, lorsque l'on apprend que votre troupe pille les villages les plus reculés du royaume sans que justice ne soit rendue et que des soupçons pèsent sur les réels bénéficiaires de ces larcins ? Comment croire que votre seule préoccupation est la survie du royaume, quand on constate que votre édit prévoit le triplement de la Garde royale ? La Garde n'a jamais combattu l'ennemi en deux cent trente-huit ans d'existence, mais plutôt servi à intimider vos opposants depuis votre accession au trône ? » Ces propos furent aussitôt suivis d'un brouhaha de protestations, de contre-protestations et de petits mouvements de chaises.

Puis le baron de Mervolie, un chef de file des opposants les plus importants prit la parole : « En dehors des considérations de monsieur de Bermadie, nous devons reconnaître que notre affrontement avec le royaume de Morana ne mène nulle part. Permettez-moi de vous rappeler que c'est notre cinquième guerre avec eux. Qu'à chaque fois, depuis la première et fameuse bataille de Curcova, nous les avons gagnées. Puis-je vous rappeler que lors de notre dernière guerre, si nous avons certes perdu sept mille cinq cents hommes, ils en ont perdu plus de douze mille. De toute évidence leur armée est à reconstruire encore plus que la nôtre. Leur prochain contingent s'il existe, sera plus jeune, plus inexpérimenté ; en deux mots moins dangereux. Notre puissance est bien suffisante, la confiance de nos troupes est inébranlable et la gloire de nos victoires passées émoussera la volonté de l'ennemi. En toute logique, le royaume de Morana se lassera de ces guerres meurtrières qui déciment sa jeunesse et je veux croire à la raison de leur roi. Quel chef de guerre pourrait être assez fou pour penser qu'il peut à nouveau nous vaincre, quand il a déjà perdu cinq fois ? Peut-être qu'en cet instant même à la cour de Morana, des seigneurs comme moi soulignent avec toute la force de leurs âmes, l'absurdité de ces affrontements. Je vous prie Votre Altesse de renoncer à ce projet ruineux et inutile. La paix est possible maintenant parce qu'elle est devenue la voie la plus avantageuse pour tous ! » Et son discours fut suivi par une envolée d'applaudissements de son côté de la Cour.

Le ministre-régent – le comte de Rustagano – prit à son tour la parole : « Que de belles pensées pour un étranger que l'on connait si peu. Vous prêtez à ce régent des intentions et des raisonnements qui n'existent que de ce côté-ci de la frontière. S'il faut être fou pour nous faire la guerre au bout de cinq échecs, ne fallait-il pas l'être pour nous la faire au bout de quatre ? Votre propos aurait très bien pu être tenu il y a six ans après leur pénultième défaite et se révéler tout autant inexact. Nous ne savons rien de leurs motivations. Puisque vous appréciez les jeux de mémoire, permettez-moi de vous rappeler que de toute notre histoire, c'est le seul ennemi à ne nous avoir jamais déclaré la guerre avant d'agir et à n'avoir jamais avancé de revendication. Il refoule nos émissaires. Le dernier mandaté – mon troisième fils en personne – a été atrocement mutilé puis renvoyé sans qu'aucune explication ne soit fournie. Et à chaque guerre, ils reviennent plus nombreux qu'à la précédente. Ils n'étaient que trois mille lors de la bataille de Curcova, mais déjà quinze mille l'année dernière ! L'inexpugnable vérité est que notre supériorité militaire ne tient qu'à un fil et il se rompra si nous ne nous préparons pas. Ne pas voter cet édit serait faire preuve de procrastination et de faiblesse coupables ! » Et le ministre-régent conclut par une citation latine, comme il aimait tant le faire : « *Nihil rerum mortalium tam instabile ac fluxum est quam fama potentiae non sua ui nixae statim relictum.* »[3] Propos aussitôt accueillis par une salve d'applaudissements d'une partie de la Cour.

Le comte de Bertesgad, un second couteau d'une des parties opposées à la reine, était très souvent consulté et écouté lorsque l'on abordait les questions militaires. Il avait en effet été très

---

[3] *Rien au monde n'est aussi fragile et aussi fugitif qu'un renom de pouvoir qui n'est pas appuyé sur une force réelle* – Tacite – Annales – Livre XIII – Chapitre XIX.

longtemps militaire lui-même et surtout s'était couvert de gloire lors de la bataille de Curcova. Il s'avança au devant et prit ainsi la parole : « Votre Altesse, votre préoccupation sur l'avenir de notre combat contre le royaume de Morana est légitime et je la fais mienne. Toutefois la stratégie qui consisterait à reproduire en plus grand ce qui a été fait précédemment, n'a de mon point de vue, que peu de chance de réussir. Comme votre ministre nous le fait remarquer, les combattants ennemis sont à chaque fois plus nombreux. Quinze mille l'année dernière nous dit-on. Mais combien seront-ils la prochaine fois ? Vingt mille ? trente mille ? plus encore ? S'il y a une évidence qui s'impose à nous, c'est que le royaume de Morana est dans une phase ascendante de puissance qui pourrait bientôt nous submerger. Qui peut nous assurer qu'une armée vérikaine de quinze mille hommes suffirait à les refouler ? À vrai dire personne. Le véritable défaut de votre édit est de ne se reposer sur aucun fait concret. Vous nous proposez une augmentation substantielle des charges qui pèseront sur vos sujets sans savoir si cela remplira le but recherché. Il nous faut impérativement en savoir plus sur nos ennemis pour que nous puissions élaborer une stratégie de défense à notre portée : quelles sont leurs motivations, quelles sont leurs forces ou leurs faiblesses, quels sont leurs buts de guerre ? Quels sont leurs ennemis à qui nous pourrions nous allier ? Ils refusent nos émissaires ? Envoyons leurs des espions ! » Proposition aussitôt applaudie très largement.

Puis il enchaîna. « Votre édit suppose que nous pouvons augmenter notre effectif de moitié. Mais l'art militaire nous enseigne que les bonnes proportions au sein d'une troupe sont d'un chevalier pour neuf fantassins ce qui en soi serait déjà problématique. Plus grave encore, les guerres contre Morana doivent nous faire rompre avec nos vieilles habitudes. Leurs troupes sont différentes des autres. Elles sont essentiellement constituées de cavaliers légers pour au moins la moitié de leur contingent. Pour les combattre efficacement il faudrait une troupe de piquiers légers et d'au moins un quart de chevaliers. Ce qui veut dire que nous devrions former en l'espace de cinq ans pas moins de sept cent cinquante chevaliers chaque année quand une promotion d'aujourd'hui n'en compte que soixante. Vous ne trouverez pas dans la noblesse autant de volontaires ! À moins que la Cour tout entière ne soit prête à sacrifier toutes leurs progénitures… » Conclut-il en faisant la révérence. Cette dernière phrase jeta un froid dans l'assistance. Les seigneurs étaient peu nombreux à être prêts à assumer le risque le plus funeste pour leurs proches. Que la tête brulée de la famille s'engageât dans l'armée royale passait encore, qu'il fallût faire partir tous les héritiers au champ de bataille était une autre affaire.

Les débats s'ensuivirent sur les questions soulevées par le comte de Bertesgad. On s'accorda rapidement sur le fait qu'il fallait envoyer des espions ; cela ne coûtait pas trop cher. Et conséquemment deux décisions furent prises : premièrement on ne lèverait pas d'effectifs supplémentaires avant que les premiers rapports d'espionnage ne donnent une indication plus précise des forces et des intentions de l'ennemi. Deuxièmement, le ministre-régent serait chargé de proposer une méthode de recrutement et de formation des chevaliers permettant le renforcement rapide de cette partie du contingent. Toute la Cour sentit bien que derrière cette deuxième mission se profilait des révisions déchirantes et de très longs débats. Car elle impliquait nécessairement des changements radicaux et rien n'est plus difficile à affronter que des remises en cause.

La séance de la Cour prit fin et comme le voulait la tradition, la reine quitta les lieux en premier, suivie de ses plus proches ministres et fonctionnaires. À la démarche pressée de la reine, le ministre-régent comprit qu'elle était en colère et s'attendit à un conseil de l'exécutif séance tenante ; ce qui fut fait.

Il y avait là la reine, le ministre-régent, le duc de Marondas ministre de l'armée royale, l'amiral de Tonquedec commandant en chef de la marine, le général de Strondberg commandant en chef de l'armée, Vlad capitaine de la Garde royale et M. Carouine le Superintendant du royaume.

Aussitôt les portes refermées, la reine laissa exploser sa colère : « Cet idiot de Bertesgad a mis notre plan en l'air. Mais qu'est-ce qui lui a pris de prendre la parole ? Je le préfère encore lorsqu'il ronfle sur sa chaise !

— La situation n'est pas encore perdue, objecta le ministre-régent. Nous pouvons encore obtenir un vote favorable. »

Le comte de Rustagano faisait partie de cette catégorie de gens que rien n'ébranlait. Héritier de la concession de la principale porte commerciale de Pagonie, il avait l'embonpoint et l'assurance de ceux qui avaient de tout temps mangé à leur faim.

« Oui, mais dans combien de temps ? S'il faut attendre le retour des espions, cela peut prendre des mois ou des années, rétorqua la reine qui n'avait pas la même patience.

– *Non quia difficilia sunt non audemus, sed quia non audemus difficilia sunt*,[4] lança pieusement le ministre-régent.
– Taisez-vous donc, espèce de vieille chouette latiniste ! » coupa net la reine.

Le comte de Rustagano avait eu un précepteur latiniste et cela avait quelque peu déteint sur lui. Il avait ainsi acquis cette propension démesurée à citer des auteurs latins ; ce qui n'était pas apprécié de tous.

« Je n'ai que faire de vos rodomontades pseudo-philosophiques. Ce sont des résultats que j'attends de vous messieurs. »

Devant le parterre de mines baissées ou hésitantes, la reine comprit qu'elle devait prendre des décisions pour tout le monde, ce dont elle l'avait l'habitude.

« Bon, Monsieur le ministre-régent veuillez préparer un texte de loi pour former et armer autant de chevaliers que possible et me le soumettre. Monsieur le ministre de l'armée, veuillez élaborer sous huitaine un plan d'espionnage de cette infamie de

---

[4] *Ce n'est pas parce que les choses sont difficiles que nous n'osons pas. C'est parce que nous n'osons pas qu'elles sont difficiles* – Sénèque – Lettres à Lucilius – Lettre XVII

Morana. Et vous tous, apportez votre concours plein et entier à cette entreprise. Je n'accepterai ni échec ni engagement hésitant. Maintenant vous pouvez disposer ; sauf vous monsieur Carouine, nous avons à discuter. »

Cette petite assemblée se dispersa et M. Carouine attendit calmement en retrait.

Le Superintendant était un homme discret mais puissant. D'une taille moyenne et plutôt fluet, il avait un physique anodin. Sa coupe intemporelle offrait une raie incisive au milieu de cheveux impeccablement alignés. Toute la rigueur de son esprit s'exprimait dans la rectitude de sa raie. N'étant pas noble, il n'avait pu accéder aux premières marches du pouvoir, mais son intelligence et son ambition l'avait mené au plus haut poste administratif où il était chargé de régler ces milliers de petits détails qui font la vie des États. Tous ceux qui oubliaient que c'est la somme des petites choses qui font les grandes, se trompaient lourdement sur l'étendue de son pouvoir.

Il avait patiemment acquis auprès de la reine une influence qui allait bien au-delà des prérogatives de sa fonction. Elle avait découvert les qualités de M. Carouine alors qu'il n'était qu'intendant du château. Elle appréciait ce zélateur dévoué et efficace, qui semblait toujours trouver des solutions plutôt que poser des problèmes. Il s'était donc noué entre eux de très puissants liens de confiance par une sorte de symbiose : elle ne pouvait craindre la rivalité d'un homme au destin limité par la naissance et s'assurait de sa fidélité en lui accordant promotion et influence ; de son côté il ne pouvait espérer gagner plus de pouvoir sans elle et mettait donc tout son talent au service de sa réussite.

« Que penses-tu qu'il ressortira de tout ceci ? la reine le tutoyait en privé.

- Je doute que le ministre-régent soit capable de produire en peu de temps un texte accepté par une majorité. Il ne nous reste que deux possibilités : un édit de moindre ambition et plus difficile à justifier, ou attendre le rapport d'espionnage que nous pouvons rédiger en notre faveur.
- Jamais la Cour n'acceptera de renforcer la Garde royale sans menace extérieure. Je suis donc contrainte de faire ce que je déteste : attendre. Que ces espions fassent vite ! »

# Jeune impertinent

Le temps s'écoula et les mois s'enchaînèrent les uns après les autres. Peran grandissait et mûrissait. Sa voix devint par à-coups celle d'un jeune homme. Et Peran continuait à se former à l'académie aussi bien qu'il le pût. À l'âge de dix-sept ans, il fut nommé écuyer du dix-huitième duodécain. Il était en charge, avec trois palefreniers, de la santé de douze chevaux parmi les plus beaux de l'académie. Le $XVIII^{ème}$ était en effet affecté aux élèves de dernière année et l'on souhaitait récompenser les élèves de leur persévérance, par une monture gratifiante. Un écuyer avait surtout le droit – disons même le privilège – de pouvoir monter à cheval quand cela était nécessaire. Peran en usa autant que possible. L'écuyer-major organisait régulièrement avec des écuyers, des sorties pour entretenir les chevaux qu'il avait choisis. Peran profitait de ces moments chaleureux, où il pratiquait l'équitation avec cet ami distant.

Un soir, alors qu'il rangeait des livres à la bibliothèque, il se rendit compte qu'il n'apprenait plus grand-chose de ces lectures-là. Bien que les étalages fussent fournis, les livres lui semblaient se répéter un peu les uns les autres. Il se dit alors qu'il lui fallait faire davantage pour avoir une chance de devenir chevalier. Il se résolut à partager son ambition avec l'écuyer-major. Après-tout n'était-ce pas son chef hiérarchique ?

Peran profita d'un moment plus calme de la soirée pour lui rendre visite. Il lui indiqua qu'il voulait devenir chevalier et lui demanda ses conseils. L'écuyer-major resta impassible, comme à son habitude, scrutant des yeux son interlocuteur.

« Tu es jeune et doué Peran ; tu ferais sans nul-doute un excellent chevalier, expliqua-t-il. Mais seule la reine peut adouber un chevalier. Si telle est ton envie, je te conseille de demander une audience auprès d'elle. »

– Audience à la reine, mais comment fait-on ?
– La Cour reçoit les doléances du public une fois par bimestre et la reine y est présente. Tu peux essayer. Mais n'espère aucun miracle. »

Peran se renseigna vite auprès du château tout proche. La reine et la Cour donnaient effectivement tous les deux mois une séance publique où tout sujet pouvait faire part de ses doléances. Il s'agissait le plus souvent de recours en justice, de requêtes ou de récriminations plus ou moins virulentes envers le pouvoir. Celui-ci avait appris qu'il était bien plus profitable de laisser la colère du peuple s'exprimer à haute voix plutôt que de la laisser fomenter à couvert. Peran nota consciencieusement la date de la prochaine séance et se promit de s'y rendre.

Pendant ce temps, le ministre-régent présentait devant la Cour les solutions qu'il avait retenues pour augmenter le nombre de chevaliers au sein de l'armée royale. Ses propositions sans imagination, où l'on cherchait tout simplement à augmenter le nombre d'années de service et multiplier par dix le nombre d'élèves de l'académie militaire, ne recueillaient aucune adhésion. Cela soulevait tant de problèmes allant de la taille du bâtiment de l'académie aux méthodes requises pour susciter les candidatures au sein de la noblesse que le ministre-régent se voyait régulièrement contredit par la Cour. Il passait le plus clair de son temps à amender ses propositions pour revenir la semaine suivante devant une Cour toujours aussi peu convaincue. Malgré les tractations secrètes avec les principaux chefs de file, la Cour se faisait de plus en plus inquiète et impatiente devant l'incapacité du pouvoir à trouver des solutions réalistes.

Vint alors le jour de la séance publique et Peran se présenta de bonne heure au Palais. Il fut étonné de constater le nombre important de personnes déjà présentes. La cohorte des plaignants constituait une longue queue hétéroclite et indisciplinée. Des marchands en tenues de soie, des prêtres en soutane, des paysans avec leur carriole, de jeunes mères avec leurs enfants conversaient bruyamment sous le regard inquiet des gardes royaux. Ceux-ci tentaient avec leurs hallebardes et de vaines menaces, de maintenir un semblant d'ordre auprès de poules, marmots ou cochons récalcitrants.

Peran s'inséra dans ce cortège et attendit patiemment. Quand venait son tour, chaque plaignant se présentait devant un greffier qui notait l'objet de la plainte. Cette note était ensuite transmise à un officiel de la Cour qu'on appelait le Rhéteur. Après avoir fait rentrer le plaignant, celui-ci présentait à haute voix les demandes de ladite note de sorte que les débats soient engagés sans tarder.

Face au plaignant, le ministre-régent, le monarque et le Superintendant se tenaient sur le promontoire ; la Cour siégeant de part et d'autre du plaignant. Il était de coutume que le débat soit mené par le ministre-régent, le monarque n'intervenant qu'en cas d'arbitrage final. Les courtisans pouvaient aussi intervenir.

Quand vint le tour de Peran, le fonctionnaire lui demanda son nom et l'objet de sa demande. « Je m'appelle Peran et je veux être adoubé chevalier », indiqua-t-il. Le fonctionnaire nota scrupuleusement ces informations sans même s'en étonner. La petite note fut ensuite transmise au Rhéteur. Au moment de rentrer dans la Cour avec Peran, le Rhéteur lut la note, le regarda quelques instants, puis leva les yeux au ciel. Il fit malgré tout son devoir et introduit Peran de sa voix fluette : « Votre Altesse, le jeune sujet nommé Peran exprime par devant vous la volonté de servir sa Majesté au sein de son armée montée. Il mesure l'outrecuidance de sa démarche, mais surmonte toutes les réticences naturelles en pareille circonstance et sollicite sa Majesté de bien vouloir l'adouber chevalier. »

Après un bref silence marquant la surprise, la chute suscita un éclat de rire général. Peran ne ressentit aucune gêne. Il était profondément motivé et sûr de son choix, et n'attribuait que peu de valeur aux railleries d'une Cour en souliers vernis. Il regardait intensément la reine car seule son opinion lui importait. Celle-ci d'ailleurs ne rit pas. Non pas qu'elle prit la demande plus au sérieux que le reste de la Cour, mais peu de choses dans la vie lui semblaient risibles. Le ministre-régent quant à lui riait intensément et devint écarlate. Les secousses du corps étaient si intenses, les joues et le cou si gros et si rouges que les boutons du col donnaient l'impression de pouvoir céder d'un instant à l'autre, sous l'effet de l'intense pression pulmonaire.

Revenu à ses esprits et à une humeur plus tempérée, le ministre-régent se crut dans une situation facile et s'adressa à Peran avec condescendance : « Jeune homme ! Votre requête est bien sympathique, mais comprenez bien que nous ne pouvons adouber le premier venu…

– Je ne suis pas le premier venu. Je suis écuyer dans votre académie militaire depuis maintenant trois ans. J'ai du courage à revendre et je sais monter à cheval aussi bien que n'importe lequel de vos élèves. Je suis prêt à défier n'importe lequel d'entre eux en tournoi pour vous le prouver, lança crânement Peran.

– Allons, allons. Nous n'en sommes pas là », rétorqua le ministre-régent.

À vrai dire il se trouvait subitement dans une situation embarrassante. Il s'était attendu à ce que ce jeune impertinent se dégonflât à la première réplique, mais le ton ferme et assuré de Peran prouvait tout le contraire. D'ailleurs la Cour avait elle aussi senti la fermeté du jeune écuyer et après les rires moqueurs vint le silence attentif. Le ministre-régent cherchait une formule diplomatique pour renvoyer Peran à son poste d'écuyer sans paraître trop cassant. Mais sa brève hésitation fut suffisante pour encourager l'éternel opposant – le vicomte de Bermadie – à saisir cet instant d'indécision pour malmener le pouvoir.

« Votre Altesse, ce jeune sujet n'est-il pas la preuve que l'on peut trouver dans ce royaume des candidats valeureux et de toutes conditions ? Vous savez mieux que quiconque combien le danger de Morana est proche et lancinant. Comme l'a souligné le comte de Bertesgad, n'est-il pas temps de rompre avec les vieilles habitudes ? En ayant recours à de valeureux écuyers nous trouvons le moyen de renforcer notre chevalerie sans saigner la noblesse.

- Que de précipitation monsieur le vicomte ! rétorqua le ministre-régent. Votre impatience, bientôt légendaire, vous fait perdre la tête ! Avez-vous mesuré toutes les conséquences qu'il y aurait à accorder à un *vulgum pecus*[5] le statut de chevalier ? La chevalerie est le socle profond de ce qui fonde et tient notre royaume. L'adoubement ne peut pas se décider à la légère. Laisser des sujets de basse venue intégrer cette élite militaire est une insulte aux chevaliers qui ont versé leur sang pour le royaume.
- Gardez vos leçons de morale pour vos domestiques, Monsieur le Ministre ! Interjeta le comte de Bertesgad. Nous savons reconnaître nos dettes envers nos ainés lorsque nous en avons. Il ne s'agit pas ici d'insulter qui que ce soit, mais de préparer la survie du royaume et de ses sujets. Nous n'honorerons pas nos pères par un conservatisme suicidaire, mais au contraire par un nouvel

---

[5] Barbarisme pouvant se traduire par : *commun des mortels*.

esprit de conquête. Celui-là même qui a fait l'étendue et la renommée du royaume. »

Son intervention fut suivie par de larges applaudissements.

M. Carouine écoutait attentivement l'enchaînement des discussions et sentait que la partie s'engageait mal. Très calmement, ses deux petits yeux fixaient Peran comme l'aigle fixe sa proie. Il scrutait en silence les moindres expressions ou tressaillements du visage de Peran. Qui était donc ce petit bout d'homme qui venait chambouler aussi brusquement l'ordre établi ? Il lui fallait s'adapter de toute urgence à cette nouvelle situation. Le premier sentiment de panique avait ensuite laissé place à l'assurance sereine de ceux qui ont à la fois acquis de l'expérience et connu la réussite.

Le Superintendant s'approcha lentement de la reine et après s'être assuré qu'elle fut prête à l'écouter, lui murmura à l'oreille :

« Votre Altesse, ce petit homme a bien vite gagné la sympathie de la Cour. Votre arbitraire ne ferait que vous desservir s'il devait s'appliquer contre lui.

– Que me proposes-tu donc ?

– Mettez-le à l'épreuve pour accéder à son ambition. S'il échoue, ses admirateurs déchanteront aussi rapidement qu'ils lui ont accordé leur sympathie.
– Et s'il réussit ?
– Bien peu probable Votre Altesse. Quand bien même, nous n'aurions qu'à faire observer qu'il n'est qu'un écuyer parmi des centaines. Nous pourrions même bénéficier de sa popularité en feignant l'avoir soutenu.
– Soit, mais quelle épreuve ?
– Il existe une vieille coutume, celle d'un pèlerinage cardinal pour accéder au rang de chevalier.
– La raviver ne me plaît guère, objecta la reine.
– Comme je vous comprends Votre Altesse, répondit-il obséquieusement, mais c'est justement sa dureté qui la rendue désuète. Il n'y a pas à craindre que d'autres empruntent ses pas. De plus, cette épreuve l'oblige à s'éloigner durablement de Pagonie. Absent et une fois l'émotion actuelle retombée, la tradition pourra reprendre tout son poids. »

Pendant ce temps, le ministre-régent se débattait tant bien que mal avec une Cour qui trouvait en Peran l'exemple d'une relève précieuse. La reine se leva alors que le ministre s'empêtrait dans des explications tortueuses, puis lui coupa la parole :

« Seigneurs de la Cour, j'ai entendu votre inquiétude. Il paraît légitime que ce jeune écuyer puisse essayer d'accéder au titre de chevalier au vu de la situation délicate du royaume. Pour autant il nous faut veiller à maintenir un corps de chevalerie de la plus exigeante condition, sans quoi sa force ne serait plus déterminante au combat et fausserait gravement l'appréciation de nos maréchaux-stratèges. Aussi j'ai décidé qu'à titre d'exemple, le jeune sujet Peran serait adoubé par nous s'il réussit la *cardination*. »

L'intervention de la reine fut accueillie par un silence poli. Peu des courtisans connaissaient cette tradition de la *cardination* tant elle était ancienne. Seuls les plus érudits pouvaient savoir ce dont il était question.

La cardination consistait en un pèlerinage aux quatre régions les plus éloignées du royaume, dans le but – pensait-on – d'acquérir les quatre vertus cardinales attendues de tout chevalier. L'origine de ce curieux mythe naquit de très nombreuses années auparavant, lorsque le roi Fransach XXXI la réalisa le premier. Très curieusement ce roi entama ce pèlerinage alors que tout – terres, gloire et or – lui semblait acquis. Il en ressortit profondément changé. Alors qu'il fut connu pour son ambition et sa cruauté, juste après son pèlerinage il se désintéressa peu à peu des affaires de l'État. Il consacra au contraire beaucoup d'énergie à l'exercice de la justice et à la construction d'infrastructures pérennes. Ce revirement subit et la sagesse dont il fit preuve au cours de la seconde partie de son règne marquèrent profondément les esprits. C'est alors qu'au faîte de sa puissance et plus populaire que jamais, il abdiqua de son trône, partit vers une direction inconnue avec sa famille et ne revint jamais. C'est ainsi que sa lignée royale s'éteignit, laissant un vide immense derrière lui, mais aussi une renommée et un prestige à nuls autres pareils.

Dès lors on considéra que tous ceux qui réussissaient ce même pèlerinage, en marchant dans les pas de ce monarque illustre, pouvaient être adoubés chevalier. Cette tradition perdura longtemps après Fransach XXXI. Mais peu à peu, la dureté de l'épreuve, les bandits de grand chemin et les besoins militaires de plus en plus exigeants en nombre, la firent sombrer dans une douce désuétude.

Le baron de Mervolie se leva et intervint : « Votre Altesse, malgré le respect dû à votre rang, je dois faire remarquer qu'imposer la cardination à jeune homme démuni, revient à le condamner par avance. Cette épreuve exige un voyage long et dangereux à travers le royaume. Un monarque qui chercherait à discréditer cette vieille tradition – et je suis certain que ce n'est pas votre cas – enverrait l'écuyer sans escorte. » Et le baron fit la révérence.

La reine rebondit aussitôt sur cette déclaration. « Il est bien naturel qu'un exemple de cette importance ne soit pas compromis par des conditions trop dangereuses. Ce jeune écuyer sera accompagné par un greffier qui aura pour tâche de témoigner de la bonne exécution du voyage inscrit au registre royal et d'une escorte composée de Monsieur le capitaine de la Garde royale et de deux hommes. »

Cette dernière proposition suscita une vaste acclamation de la Cour. La reine esquissa un très léger sourire de satisfaction. Elle appréciait ces moments où son pouvoir était conforté, où elle avait le sentiment de maîtriser le destin du royaume.

Le ministre-régent s'avança légèrement et s'adressa à Peran : « Jeune homme, revenez la semaine prochaine au Palais. Nous aurons fait préparer des montures pour vous, votre équipage et vos impedimenta. Et nous nous serons assurés du concours du très valeureux Vlad. » Le ministre-régent renchérit alors fièrement en esquissant un sourire en coin qui cachait mal sa satisfaction : « *Ignoranti, quem portum petat, nullus suus ventus est.* »[6] La reine leva les yeux au ciel.

Ainsi Peran eut l'incroyable chance de concourir à devenir chevalier. Il avait bien compris que l'acceptation de sa demande avait été la conséquence d'enjeux qui dépassaient son histoire personnelle. Mais Peran n'en ressentait aucune gêne, bien au contraire. Il se dit qu'une bonne étoile veillait sur son chemin et qu'il ne fallait surtout pas hésiter à le suivre quand il était si bien éclairé.

---

[6] *Il n'existe pas de vent favorable pour celui qui ne sait où il va* - Sénèque - Lettre à Lucilius - Lettre LXXI

# L'improbable équipée

La semaine suivante, il se rendit au Palais royal où Vlad l'attendait avec deux chevaux, le greffier et deux escortes.

Porquerolle était un jeune greffier rondouillard et craintif. Son long nez mité et fertile requérait pendant de longs moments un entretien attentionné. Quant aux deux escortes – deux jumeaux appelés Borne et Bulot – on aurait juré qu'il s'agit des deux lauréats à un concours de cuniculture. Ils avaient les mêmes incisives que ces animaux et d'après certains, le même humour.

Vlad possédait sur un épais parchemin huilé, une carte militaire de tout le royaume, où les points hauts et les sources d'eau potable étaient tous indiqués. Après avoir salué Peran et appeler les autres à se rassembler, il posa la carte sur le sol et détailla à l'aide d'un bâton le périple qui les attendait : « Nous partons d'abord pour le Couchant. Il faut entrevoir environ sept semaines de marche. Puis direction le nord-est ! Nous mettrons neuf semaines pour atteindre le Septentrion. Ensuite nous partirons pour le Levant, ma patrie, dit-il fièrement. Nous en aurons pour sept semaines environ. Le paysage est montagneux et notre progression s'en ressentira. Ensuite cap vers le sud, vers le Midi. Là encore, sept semaines environ et ce sera la partie la plus longue, la plus difficile et la plus dangereuse de notre périple. Ensuite le retour vers Pagonie se fera en quatre semaines seulement. En tout presque neuf mois de trajet ! À chaque étape, Porquerolle nous instruira des tâches que Peran doit accomplir. »

À ce moment-là, Porquerolle se sentit investit d'une mission. Il se cura un peu le nez et ouvrit fébrilement sa besace en cuir pour sortir des feuillets de parchemin reliés par de grosses ficelles en tafia. Deux couvertures en cuir épais protégeaient l'ensemble.

« Comme me l'a demandé le ministre-régent, j'ai recopié scrupuleusement les indications du registre royal concernant la cardination. C'était un peu poussiéreux mais bon. Je vous préviens, hein, j'ai pas tout compris, hi-hi. Et Porquerolle rit bêtement comme pour s'excuser par avance. Et puis en plus, il y a plein de texte pour ne rien dire et c'est du littéraire, du compliqué ! Rajouta-t-il en agitant sa main de bas en haut.

– Je crois que nous nous en sortirons, merci. Il nous faut rendre grâce à Porquerolle, dont les travaux ont abouti si promptement. Enchaina Vlad. J'ai lu moi aussi ces textes il y a de nombreuses années et si les tâches paraissent parfois énigmatiques, les lieux sont au contraire bien précis. Peran les lira le moment venu. D'ici là, il nous faut se mouvoir sans délai ; notre route est longue. »

Ainsi cette improbable équipée, constituée d'un capitaine énigmatique, d'un greffier débonnaire, de deux gardes abrutis et d'un jeune écuyer effronté se mit en route vers l'ouest en une belle journée d'un été finissant.

Leur voyage dura à peu de choses près le temps prévu par Vlad. Chaque soir, ils s'arrêtaient soit dans une des petites casernes qui émaillaient le territoire où le commandant local leur accordait gîte et couvert, soit dans une ferme où généralement le propriétaire des lieux leur accordait leur grange à foin pour la nuit. Parfois, quand le temps le permettait, ils dormaient dans un campement improvisé.

Peran découvrit peu à peu ses compagnons de voyage. Vlad restait toujours aussi peu loquace. Il s'exprimait aussi d'une façon bizarre mais Peran n'avait pas encore réussi à discerner ce qui la différenciait de celle des autres. Porquerolle, lui, était un personnage surtout concerné par sa propre personne. Encore que « propre » n'était pas le bon terme. Il passait une incroyable partie de son temps à s'occuper de son nez, à peine assez gros pour la taille de ses doigts. Ensuite il suffisait que la nourriture fût en quantité suffisante et puis le reste ne lui importait plus. Quant aux deux jumeaux, Peran ne réussit jamais à entamer une conversation avec eux. On avait parfois l'impression qu'ils n'étaient pas capables de formuler une phrase de plus de cinq mots, sous peine d'en oublier le début, arrivés au sixième.

Le voyage se révéla donc comme une période morne. Son seul bénéfice fut de faire découvrir à Peran des régions de ce vaste royaume qu'il ne connaissait pas. Parfois il repensait au chemin parcouru et à son enfance dans son village natal. Il repensait à sa famille et aux gens de son village, se demandant ce que les uns ou les autres étaient devenus, et imaginant leurs expressions s'ils pouvaient le voir aujourd'hui, lui le fils de paysan, peut-être futur chevalier du royaume.

Un jour, au détour d'un col, ils purent observer une vaste plaine débouchant sur une mer d'argent. Le vent était vif et le temps était doux. Ils venaient d'arriver au Couchant.

# Le Couchant

Le Couchant était la contrée de l'eau et de l'aventure, la contrée du courage. Son littoral très accidenté permettait à chaque ville d'importance d'avoir accès à la mer, avec laquelle ses habitants vivaient en symbiose. Elle leur apportait leur nourriture principale et surtout leur offrait un gigantesque champ d'exploration. Une longue tradition maritime leur avait enseigné les arts et les métiers qui permettent sinon de dompter la mer, du moins de l'apprivoiser.

En ville, les rues étroites prolongeaient les bras de mer. Une place prioritaire était accordée à l'aménagement des ports. Chaque maison était généralement bâtie à l'aide de pierres granitiques grises et orienté vers le rivage ou le quai le plus proche. La vie sociale était essentiellement centrée sur les tavernes où les marins fêtaient les retrouvailles et inconsciemment la joie d'être encore en vie. Et les retrouvailles étaient longues. Les marins du Couchant étaient de loin les plus hardis du royaume et leurs navires les plus solides. Presqu'aucune contrée lointaine ne leur était inconnue et ils étaient capables de monter des expéditions de plusieurs mois. Ils ne tiraient d'ailleurs guère de profit de ces expéditions, plus intéressés qu'ils étaient à explorer les lieux plutôt que d'en récolter un réel bénéfice commercial. Il n'y avait en effet à leurs yeux, pas de plus grande gloire que de revenir au port avec en main les premiers croquis cartographiques d'un monde jusque-là inconnu.

Aussi les seigneurs locaux – les ducs de Tonquedec – avaient entrepris il y a déjà deux cent soixante-huit ans, dans leur vaste château de Nonquir, de cartographier toutes les mers du globe. Ils finançaient pour cela un ordre d'une soixantaine de cartographes qui avait pour mission de dessiner une vaste carte sur un pan de mur rendu public. Tout capitaine pouvait s'y rendre et ainsi recueillir les connaissances géographiques du moment et pouvait pour une somme modique, se procurer des reproductions à usage maritime. Bien-sûr toute nouvelle découverte était ajoutée à la somme des connaissances déjà acquises, de sorte que la carte murale était en perpétuel aménagement. Encore fallait-il être patient. Pour qu'une découverte fût approuvée par le conseil des cartographes il fallait apporter la preuve, dans un procès contradictoire, de ce que l'explorateur avançait. Le plus souvent on déferrait le verdict, en attendant que la découverte fût confirmée par d'autres observations. Ce procédé avait l'inconvénient d'être fastidieux, mais l'avantage de rafraîchir les ardeurs outrancièrement vantardes.

Nos cinq amis rejoignirent Nonquir la plus grande ville du Couchant et sa garnison locale, où le commandant de la place se démena pour accueillir convenablement ses hôtes. Il ne s'agissait bien-sûr pas d'empathie envers cinq voyageurs fatigués, mais de déférence convenue envers le capitaine de la Garde royale – personnage militaire de haut rang. Le soir, les gardes mangeaient des carottes au réfectoire, alors que le reste de l'équipée dinaient avec le commandant de la place et ses chevaliers et officiers. Vlad, lui, discutait des dernières nouvelles militaires et posait des questions sur la situation locale. Peran discutait avec les quelques chevaliers présents, qui étaient très curieux de voir un écuyer tenter de réaliser la cardination. Quant à Porquerolle, il s'occupait surtout à son repas.

Au milieu de la soirée, le commandant demanda quelles allaient être les occupations de ses hôtes pour les jours à venir. « A vrai dire nous ne le savons pas nous-mêmes. Répondit Vlad. C'est d'ailleurs le bon moment de le découvrir. Monsieur le greffier, pouvez-vous nous instruire du contenu de votre parchemin ? » Porquerolle arrêta subitement de manger, le coude à mi-hauteur en pleine ascension et la cuillère bien remplie. Il se sentit un peu gêné d'être le centre des regards avec une joue gonflée par la précédente bouchée. Il esquissa un demi-sourire, avala sa bouchée, se débarrassa d'une nuisance nasale et s'essuya les mains sur sa chemise. Il farfouilla ensuite dans sa besace et ressortit son livre. Il poussa son assiette sur le côté pour faire de la place avec un soupir de désespoir en voyant la fin de son repas s'éloigner ainsi. Il ouvrit son livre et commença à lire à haute voix.

Le registre royal de la cardination, était en réalité le récit de Fransach XXXI racontée par Héromus, un des plus grands auteurs de cette époque. Les premiers chapitres relataient la jeunesse du roi. Ensuite, Héromus décrivait la première partie du règne et enfin le périple de Fransach XXXI aux quatre régions cardinales du royaume. Porquerolle prit de l'importance dans la voix lorsqu'il lit le chapitre se rapportant au Couchant.

Le récit expliquait donc comment le roi Fransach acquit la vertu du courage lors de son passage au Couchant. Il se rendit sur l'île de Pambernec où un ordre monastique obscur avait la charge de maintenir en état de marche un phare de navigation. Une fois sur l'île, Héromus expliquait que Fransach subit une épreuve pour acquérir cette vertu. Le texte ne donnait pas plus de détail sur ce qui se passa sur l'île, si bien que le lecteur en était réduit à formuler des conjectures.

« Ça a dû être vachement dur, s'exclama Porquerolle en écarquillant les yeux.

– La bonne nouvelle c'est qu'il est en revenu, rétorqua Vlad.
– Ma foi, c'est surtout la navigation vers l'île qui sera dangereuse, indiqua le commandant. Nous sommes en pleine période des tempêtes d'automne et la houle est toujours forte en cette saison.
– Quel est donc le meilleur moyen de s'y rendre ? demanda Vlad.
– Le meilleur et surtout le seul moyen consiste à embarquer sur la goélette de ravitaillement. Tous les mois les moines du phare se font livrer des victuailles et de l'huile pour le feu du phare. Vous pourrez y embarquer si vous le souhaitez. Le prochain départ est dans quelques jours et le capitaine devrait accepter sans difficulté cinq voyageurs supplémentaires, expliqua le commandant.
– Comment ça cinq voyageurs ? Je n'ai pas besoin d'y aller moi ! C'est bien mieux que je vous attende ici. S'écria Porquerolle, la joue gonflée par une boulette de viande qu'il avait chapardée entretemps.
– Souvenez-vous de votre mission Porquerolle. Il vous est requit de rendre compte du pèlerinage de Peran par un témoignage direct. Nul autre ne peut y prétendre. Nous partirons donc tous les cinq, dès que cette goélette nous le permettra. » Répondit Vlad.

Porquerolle démontra sa désapprobation en poussant un long soupir, la tête entre les mains et les coudes sur la table. Peran ressentit un peu d'appréhension en imaginant cette traversée. Il n'avait jamais connu la mer et n'avait jamais navigué. Mais il se dit qu'il était bien trop tard pour reculer.

Le phare de Pambernec était l'un des sept phares que comptait le Couchant le long de ses côtes. Il était bien connu des marins car le plus éloigné des côtes et le plus occidental. Il signait donc, pour toutes les expéditions lointaines, la fin d'une navigation côtière et le début d'une navigation océanique. Sa construction avait pris plusieurs décennies. L'éloignement des côtes avait rendu la tâche des plus ardues. Il avait fallu apporter des centaines de blocs de granit et bâtir contre les intempéries cette forteresse impressionnante. L'ordre monastique s'y était ensuite très vite installé. A vrai dire personne ne leur contesta ce droit tant on était satisfait de trouver des volontaires pour s'occuper d'un phare aussi isolé du reste du monde. Ils étaient ainsi une quarantaine environ à vivre en réclusion et à maintenir le phare en état de fonctionnement. En échange du service rendu, on les ravitaillait chaque mois.

Quelques jours plus tard, les cinq voyageurs quittèrent la garnison de Nonquir bien reposés de leur voyage. Vlad remercia le commandant de son hospitalité et promit d'en rendre compte favorablement auprès de la hiérarchie, ce qui semblait combler ses attentes. « Vous verrez aussi que la population locale baragouine parfois un patois bourru, enchaîna le commandant. Soyez patients, conclut-il.

— Je tiendrai compte de vos conseils », promit Vlad.

Ils partirent ensuite en direction du port, que l'on pouvait localiser sans difficulté grâce aux mâts majestueux qui dépassaient fièrement au-dessus des habitations et hangars. En arrivant au port, Vlad se renseigna sur le navire chargé de ravitailler le phare. On lui indiqua une belle goélette à une centaine de pas. Ils s'en approchèrent, puis Vlad interrogea celui qui lui avait été présenté comme étant le capitaine du navire. Il s'agissait d'un grand homme sec avec des cheveux gris et à moitié édenté par le scorbut. Il portait une longue vareuse marron fortement huilée, sur laquelle le sel marin avait dessiné de larges auréoles.

« *Mardouen*[7] ! s'écria-t-il. Ça doit faire des lustres que plus personne ne s'est invité sur mon Tommderenn, ha, ha, ha ! enchaina-t-il d'un rire franc.

– Ah bon, il ne s'agit pas d'une goélette ? » interrogea Vlad.

Le capitaine resta un instant bouche bée. « Ha, ha, ha. T'as entendu ça, Yannick ? dit-il en prenant son second à témoin. Mon Tommderenn n'est pas une goélette ! Ha, ha, ha. » Et son rire se communiqua à tout l'équipage qui rit à gorge déployée. En cet instant Vlad se souvint du conseil du commandant.

Voyant que son humour fut mal partagé, le capitaine s'approcha de Vlad et lui expliqua : « Tommderenn est le nom de mon navire et vous avez raison, c'est bien une goélette et une des plus vaillantes encore. Mon nom est Beltram et bien sûr j'accepte de vous emmener jusqu'au phare de Pambernec, vous et vos quatre lascars. Ha, ha, ha. Ils vont être surpris là-bas. Ça fait des années qu'ils n'ont pas eu de visite à part mon équipage.

– D'autant que nous allons nous maintenir là-bas quelques jours, renchérit Vlad.

– *Kurun*[8] ! les fous attirent les fous ma parole, s'écria Beltram.

---

[7] Tiens donc !
[8] Tonnerre

– Pourquoi sommes-nous fous ? demanda timidement Porquerolle.

– Tenter la traversée en cette saison est déjà bien osé, petit moussaillon, mais vouloir rester là-bas, c'est vouloir risquer sa vie, dit Beltram avec un large sourire ouvert sur ses dernières dents.

– Mais pourquoi donc ? demanda Porquerolle.

– Certains disent que les vieux moines ont des rituels qui font peur. Expliqua très sérieusement Beltram sur le ton de la confidence.

– Je ne veux pas y aller, je ne veux pas y aller, je ne veux pas y aller ! cria Porquerolle tout en sautant en rond.

– Silence ! coupa net Vlad, ce qui interrompit la danse de Porquerolle. Nous avons déjà discouru de cela et la décision est sans appel. Ressaisissez-vous plutôt que de vous répandre en lamentations publiques. Rendons grâce à Beltram de sa coopération et prenons quartier au bord du Tommderenn dès maintenant. »

L'intervention sèche de Vlad refroidit toute velléité de contestation au sein du groupe. Ils montèrent à bord en suivant Beltram. Celui-ci installa ses passagers impromptus dans les quartiers vacants et indiqua que l'heure de départ était fixée au lendemain aux environs de midi, afin de profiter d'une marée haute.

Le lendemain à l'heure dite, les marins libérèrent le Tommderenn de ses amarres pendant que d'autres s'occupèrent des voiles. Beltram était à la barre et surveillait la manœuvre pendant que Yannick, son second, se concentrait sur la voilure. Très vite la goélette prit de la vitesse grâce au vent généreux. Le port de Nonquir était au fond d'une vaste baie si bien que la houle de l'océan ne s'y retrouvait pas. Mais au bout de quelques heures, la goélette se trouva bien au large si bien que les vagues commencèrent à chahuter l'embarcation. Nos cinq voyageurs étaient tous sur le pont arrière, endroit bien moins inconfortable que l'intérieur du navire pour qui n'a pas le pied marin.

Peran découvrait des sensations nouvelles. L'avancée inexorable du navire à travers l'étendue vaste de la mer procurait un sentiment de liberté indescriptible, celui de la victoire sur un élément des plus hostiles. Au loin, dans la direction du navire, le disque d'or du soleil se couchait au-delà de l'horizon et invitait au voyage. Il semblait indiquer le chemin à suivre en éclairant les contrées qu'il fallait découvrir.

La traversée dura plusieurs jours. Cotriade et *podad*[9] étaient au menu midi et soir, pain et vin le matin. Enfin, tant que le pain n'était pas rassis. Auquel cas c'était *podad* et vin. Si la pitance n'était pas variée, l'ambiance était à l'opposé très chaleureuse. On racontait des traversées passées, des voyages d'enfance, on maudissait le cuistot et fantasmait sur les ingrédients de la cotriade. Mais la menace de la mer au-dehors resserrait les liens entre convives, chacun sentant bien qu'en cas de coup dur, il fallait s'entraider.

À la fin du quatrième jour, alors que nos cinq voyageurs finissaient leur dîner avec les marins et le capitaine, un homme entra brusquement dans le réfectoire. Sous sa capuche trempée, on vit deux yeux bleus annoncer au capitaine : « Capitaine, le second vous demande sur le pont. On fonce droit sur une tempête et elle a l'air sérieuse. » Le capitaine avala d'un trait son verre de tafia puis s'écria : « *Skoud gleb-teil* ![10] Tous les marins à leurs postes ! Et vous, sur le pont arrière avec vos redingotes ! » dit-il en pointant son doigt en direction des passagers. Tous s'exécutèrent immédiatement.

---

[9] Potée.
[10] *Nom d'une écoute toute mouillée !*

Peran fila dans sa chambrée et se vêtit d'un habit qui semblait un peu protéger du mauvais temps. Il gravit ensuite l'échelle qui menait au pont arrière et sentit bien que le navire tanguait plus que les autres jours. Lorsqu'il apparut sur le pont, il fut accueilli par gerbe d'eau de mer en pleine figure. « Ha, ha, ha, ha, ça secoue hein ? » lança le capitaine avec son sourire en pointillé. Peran ne répondit pas. Il s'efforça de trouver un point d'appui sous le vent, en évitant de tomber.

Le temps avait en effet subitement viré à la tempête. Non seulement le vent du nord-ouest soufflait fort avec de violentes bourrasques, mais la houle était impressionnante. Les vagues se présentaient les unes après les autres face au navire dans un assaut incessant. Certaines étaient de la taille du Tommderenn et déferlaient sur le pont en balayant tout ce qui était mal arrimé. Le navire tanguait alors fortement sous le poids de la vague, puis se redressait tout doucement jusqu'à recevoir la suivante. Ce lent mouvement de balancier était accompagné d'un fracas épouvantable où se mêlaient le bruit du vent dans les voiles, le déferlement des vagues sur le navire et le grincement du bois sous la charge. Sur le pont arrière, tenant fermement le gouvernail, le capitaine semblait s'amuser beaucoup. À chaque fois que la goélette essuyait une vague, il s'emportait d'un rire franc qui couvrait presque le bruit de la tempête. Plus les vagues étaient violentes et plus il riait fort.

Pendant ce temps, Vlad se tenait fermement à une rambarde et regardait l'horizon les dents serrées. On se demandait ce qui, du tangage incessant ou des rires déplacés du capitaine, l'indisposait le plus. Porquerolle, lui, se penchait pardessus le bastingage et vomissait tripes et boyaux. Quant aux deux gardes, ils se tenaient l'un l'autre et croyaient ainsi s'être solidement amarrés. Si bien que de temps à autre, une vague balayait le couple à travers le pont. Après que l'eau de mer se fut retirée, on les retrouvait enchevêtrés par des contorsions improbables dans les poteaux du bastingage.

Peran se tenait au mat juste derrière le gouvernail. Il pensait ainsi s'abriter de la majorité des embruns, mais à vrai dire aucun endroit n'était réellement épargné. Au début les grandes secousses du bateau et les mouvements amples du pont arrière lui soulevait l'estomac. Mais peu à peu il s'y habitua, si bien que son esprit put se concentrer sur autre chose. Chaque vague qui déferlait sur le navire semblait pouvoir le casser en deux comme une coquille de noix. Jamais dans son existence Peran ne se sentit aussi vulnérable qu'en ces moments-là. La vie ne lui semblait tenir qu'à un fil. Il se sentait à la merci d'éléments indomptables et imprévisibles, et bien peu de choses face à la fureur de l'océan. Il comprit alors pourquoi les marins dans leur ensemble étaient si superstitieux. Face à l'indomptable, on se rassure par des prières ou des gris-gris. On se dit qu'il ne reste plus que ça à faire pour sauver sa vie.

D'une certaine façon, la bravade du capitaine le rassurait un peu. Peut-être que s'il riait autant c'était qu'ils n'avaient rien à craindre ? Ou peut-être était-ce pour défier le destin ? Ou peut-être était-il tout simplement fou ?

Quoiqu'il en soit, les heures qui suivirent lui parurent éternellement longues. Il se cramponna tant qu'il put au navire, espérant que chaque nouvelle vague fût la dernière. De temps à autre, une vague s'accompagnait d'un fracas qui faisait craindre que la goélette ne se rompît tout entière.

Puis au fil du temps, Peran se rendit compte que les vagues se faisaient moins menaçantes. Au bout d'une nuit d'épreuves, le temps finit par se calmer et les rires du capitaine avec. Au petit matin la lueur du soleil éclaira tout l'équipage sur la situation du navire. Bien que chamboulé, le Tommderenn semblait ne pas avoir trop souffert. La plupart des voiles étaient déchirées et leurs lambeaux trainaient dans les eaux, mais tous les mats avaient tenu bon.

« Je vous avais dit que mon Tommderenn était une vaillante, ha ha ha. » Lança crânement le capitaine à Vlad. Celui-ci ne répondit pas. Peu à peu, l'ensemble de l'équipage reprit une activité. Quelques ordres fusaient pour coordonner l'ensemble et les cinq passagers aidèrent autant qu'ils le purent. Vers midi on put dire que la situation fut rétablie. Le repas de ce jour-là fut moins bruyant que d'habitude sous le coup des émotions passées et de la fatigue d'une nuit blanche.

Puis quelque temps après le repas, on entendit un cri venant de la vigie : « Phare en vue, phare en vue ! » Tout le monde se précipita sur le pont. Le phare de Pambernec se détachait sur l'horizon. Sa grande tour de granit bicolore descendait du ciel vers l'océan dans une découpe majestueuse, puis s'épatait en se fondant avec les rochers de l'île sur laquelle il était bâti. « Le vent est au nord et la mer assez calme. Nous y serons dans une heure ou deux », informa Beltram aux passagers.

# L'île de Pambernec

En effet, quelque temps après, la goélette se retrouva dans la petite baie qui accueillait un port minuscule. Un moine qui avait repéré le navire, était allé sonner une cloche, si bien qu'en peu de temps le quai se trouva recouvert d'un large public monacal.

L'arrivée du navire était une véritable fête. Les marins étaient satisfaits de retrouver la terre ferme après une traversée éprouvante, mais surtout les moines étaient rassurés de récupérer des victuailles pour un nouveau mois d'isolement. Pendant que tous fêtaient ces retrouvailles, le père Lambrec remarqua la présence des cinq passagers.

« *Kurun*, vous avez des passagers ? demanda-t-il.

— Oui, ces cinq-là ont des choses à vous demander, répondit Beltram.

— Bonjour, je suis Vlad, capitaine de la Garde de Sa Majesté. Je rends grâce de votre hospitalité et requiers un entretien avec le chef de votre ordre.

— Le capitaine de la Garde royale chez nous, ma foi cette journée n'est pas comme les autres, répondit le père tout guilleret. Vous rencontrerez le père supérieur ce soir au souper. C'est le seul moment de la journée où il est possible de lui parler. Vous comprenez que notre ordre nous prescrit certaines obligations.

— Qu'il en soit ainsi », répondit Vlad.

Ainsi, le soir venu, tous se retrouvèrent au dîner des moines. Deux grandes tables en bois partaient d'une cheminée pour terminer au pied d'un autel très légèrement rehaussé. Sur cet autel, une table comportait trois couverts : ceux du père supérieur et de ses deux adjoints. L'arrivée du père supérieur était accompagnée d'un rituel des plus singuliers : un moine faisait tinter un gong, puis tous les moines reprenaient ensemble une sorte d'incantation incompréhensible :

*Dong,*

*Kanaouennfenoznerzhbuhez*

*Dong,*

*Lezelpesperfalchtonkadur*

*Dong,*

*Teurelenekorventebuhez*

*Dong,*

*Kalonarkollchansadennarmontwarzu.*[11]

---

[11] *Chantons ce soir la force de vie,*
*Laissons l'espoir, cette fausse destinée.*
*Jetons nos êtres dans le tourbillon de vie,*
*Le courage de perdre, c'est la chance de gagner.*

Puis dès que le père supérieur fut assis, tous s'assirent à leur tour. Une fois le repas entamé, un des adjoints surveilla l'assemblée et demanda aux moines s'il y avait à l'attention du père supérieur des questions à poser ou des commentaires à faire. Ce soir-là il y eut quelques questions sur les plantations de blé que les moines menaient sur cet ilot escarpé et sur les croisements de drosophiles qu'un des moines, particulièrement illuminé, s'entêtait à réaliser. Puis lorsque plus personne ne sembla avoir de questions, Vlad se leva et s'adressa au père supérieur : « Nous rendons grâce à votre confrérie pour votre hospitalité. Il me semble toutefois nécessaire de soumettre à votre connaissance que je suis en mission royale. Sa Majesté la reine requiert en effet que le jeune sujet Peran ici avec moi, entreprenne la cardination. Il ne se soustrait pas à votre connaissance que ce pèlerinage tel qu'il est décrit dans les registres royaux, requiert que le candidat découvre la vertu du courage par la soumission d'épreuves qu'il semblerait que vous seuls connaissiez. »

L'intervention de Vlad n'engendra pratiquement aucune réaction des autres moines qui continuaient à s'affairer à leur repas. Le père supérieur écouta attentivement le capitaine, puis en esquissant un léger sourire lui répondit : « Ma foi, personne n'est venu passer les épreuves de la cardination à Pambernec de mémoire de vivant. Puis en s'adressant à un de ses adjoints il lui demanda : frère Grefcher pouvez-vous nous rappeler ce que disent nos règlements là-dessus ?

- Après un léger temps de réflexion pendant lequel il leva fébrilement les yeux au ciel tout en fermant les paupières, frère Grefcher répondit : Le règlement dans son deuxième tome, septième chapitre, troisième paragraphe et douzième alinéa stipule que le candidat à la cardination doit parcourir la coursive de l'île dans un sens sénestrogyre puis répondre à la question au franchissement du vallon.
- Quelle question ? demanda Peran, légèrement inquiet.
- La question doit être révélée le moment venu, pas avant, dit le frère Grefcher. C'est ce qu'affirme le treizième alinéa, poursuit-il.
- Parcourir la coursive de l'île, combien de temps cela requiert-il ? demanda Vlad.
- A vrai dire plus personne ne le fait de nos jours, car c'est un peu dangereux, dit le père supérieur. Mais je pense qu'un jeune homme en bonne santé comme Peran doit pouvoir le faire en une journée.
- Parfait ! Peran entreprendra tout ceci dès demain, de sorte que nous puissions repartir à temps avec le Tommderenn le

surlendemain, expliqua Vlad, qui n'avait pas perdu de vue les contraintes temporelles de leur voyage.

– Je vous donne donc rendez-vous demain matin sur le modeste quai de notre port, dit le père supérieur. Père Lambrec vous montrera vos quartiers pour ces deux nuits. »

Le repas continua dans une ambiance bon-enfant. Peran ne dit rien. Il pensa aux paroles du père supérieur sur la dangerosité de la coursive et aux épreuves du lendemain. Quelle pouvait être la question ? Il craignait beaucoup cette épreuve car il savait son éducation rudimentaire.

Le lendemain matin, nos cinq voyageurs, le père supérieur, le frère Grefcher et de nombreux moines gagnés par la curiosité se rassemblèrent sur le petit quai de l'île. Le frère Grefcher réexpliqua à Peran qu'il devait emprunter la coursive de l'île qui commençait depuis le port, la suivre sur tout son pourtour ce qui le ramènerait après un tour complet face à un vallon qui séparait le port de la partie principale de l'île. Pour franchir ce vallon, une tyrolienne portait une petite nacelle dans laquelle une personne pouvait se loger. « Vous devrez traverser le vallon dans cette nacelle et à mi-chemin je vous poserai la question. Si vous y répondez correctement vous serez autorisé à traverser, sinon vous aurez alors échoué et nous laisserons la nacelle tomber dans l'eau. Il vous faudra alors nager jusqu'à la rive, dit le frère Grefcher. »

Peran eut un peu peur de cette perspective. Il se ressaisit en faisant confiance à sa bonne étoile et occupa son esprit à d'autres pensées en vérifiant la tenue de ses chaussures et le contenu de son cabas. Il emprunta ensuite cette coursive en faisant un bref signe de la main à ses compagnons qu'il laissait derrière lui.

Cette journée d'automne commença plutôt bien, pensa Peran. La bise du large était fraîche et vivifiante, et aucun nuage ne s'annonçait à l'horizon. La houle était forte, mais le chemin semblait être suffisamment en hauteur pour qu'il n'eût pas à craindre d'être éclaboussé. Il s'agissait d'un petit chemin qui longeait toute l'île. Il était très étroit et visiblement emprunté par des âmes en recherche de solitude. Aussi Peran s'engagea finalement dans cette épreuve avec optimisme.

Il est habituel dans ce genre d'endroits de faire des rencontres insolites. Il vit ainsi des nichées de macareux au bec jaune qui eux n'appréciaient pas la présence de Peran. Un peu plus loin, c'est un terrier de lapins qu'il dérangea. Plus loin encore, le long du chemin, il rencontra un petit groupe de bouquetins. Comment étaient-ils arrivés sur l'île, se demanda Peran ?

Il découvrit aussi des objets des plus banals aux plus insolites : une sandale avec une lanière déchirée, un tesson de bouteille, une boussole bien inutile sur un chemin sans bifurcation, un coquillage en pendentif, un petit livre de prières déchiré en morceaux, des coquilles d'œufs, une cane et même une paire de lunettes. Peran s'amusa à imaginer l'histoire qui aurait pu accompagner la présence de l'objet à cet endroit. Il imagina ainsi la colère du promeneur qui perdait une de ses sandales, l'ivresse d'un autre cassant sa bouteille, la crainte d'un troisième de perdre son chemin et la panique qui le gagne lorsqu'il se rend compte qu'il n'a plus de boussole, la tristesse rageuse du moine déçu par son livre de prière, et celle d'un autre qui perd .

Parfois le chemin qui contournait l'île s'arrêtait brusquement. Parfois à cause d'un éboulement qui barrait le passage, parfois parce qu'un ravin s'était formé en travers. Peran devait alors trouver un autre passage ou se résoudre à quelque escalade. Ces anicroches retardaient d'autant sa progression, ce qui le contrariait fortement. Il n'avait pas prévu de passer la nuit sur le chemin. Il lui fallait donc veiller à ce que son périple se terminât avant la tombée de la nuit.

Lorsqu'il lui sembla que le soleil fût à son zénith, il marqua une pause pour se restaurer avec les morceaux de pain et de lard qu'il avait emportés et se désaltérer auprès d'une source toute proche. Il était alors dans la partie septentrionale de l'île et elle présentait en cet endroit un cap très effilé. Les vagues, en provenance du nord-ouest, venaient se fracasser contre les rochers dans un vacarme incessant. Il s'interrogea quelques instants sur le sens de sa randonnée. Pourquoi fallait-il faire le tour d'une île perdue pour devenir chevalier ? Ce fut bien là une exigence curieuse. Quel rapport pouvait-il y avoir entre cette marche et les obligations d'un chevalier ?

Il reprit ensuite son chemin sur la partie occidentale de l'île et trouva la végétation encore plus parsemée de côté-là. L'île ne le protégeant plus, il remarqua aussi que le vent soufflait plus fort. Au bout d'une lieue, il remarqua en contrebas, tout près du chemin, les ruines d'un mur. Peran se trouvait trop loin du phare pour qu'il s'agisse d'une des dépendances. Il en conclut que ce devait être les ruines d'un bâtiment antérieur à la construction du phare. Par curiosité il s'en approcha. Il découvrit ainsi les ruines d'un bâtiment tout entier. Il semblait être d'architecture très simple : un rectangle ouvert sur un côté avec une sorte de table en son centre. Les murs et les colonnes étaient faits de grosses pierres en grès taillées. Ce n'était donc pas du granit contrairement au phare. D'ailleurs ces pierres-là avaient assez mal résisté au temps. Plus aucun mur ne mesurait plus d'une demi-toise[12] et la végétation la plus tenace avait pris racine dans les interstices. Il remarqua également sur quelques pierres, les traces d'un même symbole taillé en plusieurs endroits. Ce symbole représentait un soleil éclairant de cinq rayons. Il y avait donc eu d'autres habitants sur l'île avant les moines d'aujourd'hui, pensa-t-il.

Il reprit sa progression en direction du sud en suivant le chemin. Comme de l'autre côté de l'île, il devait s'accommoder des aléas de la route. La falaise était malgré tout plus escarpée de ce côté-ci. Sans doute fut-ce une conséquence de l'érosion millénaire d'un vent d'ouest dominant ? Il rencontra des chauves-souris dans un passage abrité, un iguane de taille imposante, encore des bouquetins, le squelette de ce qui semblait être un âne et toutes sortes de nichées.

Vers la fin de la journée, il s'approcha enfin de la partie principale du phare et comprit que sa randonnée touchait à sa fin. Une fois à proximité du phare, le chemin s'arrêtait devant un

---

[12] Une toise mesure un mètre et quatre-vingt-seize centimètres environ.

ravin où la mer s'était engouffrée. Une tyrolienne avait été tendue entre les deux rives et permettait à une nacelle de traverser. La rive d'en face n'était pas très loin, mais par contre le ravin semblait profond, peut-être une dizaine de brasses[13]. Le frère Grefcher aperçut Peran et s'approcha du bord de la rive opposée. « Vous devez monter à bord de la nacelle puis je la tirerai jusqu'au milieu. Ensuite je vous poserai la question. Si la réponse est bonne je vous tirerai jusqu'à nous, mais si elle est mauvaise je lâcherai la corde de soutien et vous tomberez à l'eau. Êtes-vous prêt ? »

Peran ne fut absolument pas prêt. Il eut en cet instant très peur. L'idée de tomber de cette hauteur dans une mer froide et houleuse le terrassa littéralement. De l'autre côté, ses quatre compagnons de voyage ainsi que d'autres moines curieux se furent amassés. Tous attendirent sa réaction. Pendant quelques instants qui lui semblèrent une éternité, Peran tergiversa. La décision de monter à bord de cette nacelle sembla si difficile à prendre ! Puis dans cette hésitation, c'est une idée fugitive, un éclair du souvenir de son rêve d'enfance qui le poussa à franchir le pas. Il monta dans la nacelle tout tremblant de peur.

---

[13] Longueur d'environ 1.624 mètres.

Porquerolle, les gardes et quelques moines applaudirent, mais Peran n'y prêta aucune attention.

Le frère Grefcher et un collègue tirèrent ensuite doucement la nacelle. Lorsqu'elle fut à peu près au milieu du ravin, ils s'arrêtèrent et le frère Grefcher sorti de sa besace un vieux parchemin plié. Il s'adressa alors à Peran en hurlant très fort pour couvrir le bruit des vagues : « Quel est le mot de passe ?

– Comment ça, quel est le mot de passe ?! s'écria Peran. Comment voulez-vous que je le connaisse ? ça peut être n'importe quoi !

– C'est vrai, reconnu le frère Grefcher. Mais l'épreuve est ainsi faite.

– Alors c'est çà l'épreuve du courage, un jeu de chance ? interrogea Peran.

– Je ne suis pas là pour juger de la pertinence de l'épreuve, ajouta le frère, mais vous pouvez encore renoncer. »

Peran hésita quelques instants. Quelle déception ! Il se fut attendu à une épreuve qui aurait choisi les candidats selon leur mérite pas à une loterie de foire. Où fut donc le courage ? Il pensa tout abandonner en cet instant. La peur de tomber dans la mer en-dessous le gagna. Puis il pensa à son enfance, à son vieux rêve d'enfance. Il se remémora l'image de ce chevalier qui se fut arrêté dans son village et qui lui eut fait confiance pour sa selle et son cheval. Il repensa au gros Pantanel qui l'eut conduit jusqu'à Pagonie, à l'écuyer-major et ses chevaux, au recteur de l'académie avec son béret de soie et à son étrange ami Gono le fou…

« Garamondonondsafat ! cria Peran en s'agrippant à la nacelle de toutes ses forces.

- Quoi, mais c'est n'importe quoi ! s'exclama Porquerolle ne sachant pas s'il fallait rire ou pas.
- Il faut lui faire confiance », marmonna Vlad.

Le frère Grefcher écouta attentivement la réponse de Peran. Il baissa alors les yeux vers son parchemin. Il ajusta ses binocles et se concentra sur son document comme un greffier scrupuleux. Toute l'assemblée fut suspendue aux lèvres du frère Grefcher.

« C'est la bonne réponse ! » s'exclama-t-il, et la foule hurla de joie. Des volontaires tirèrent la nacelle jusqu'à la rive puis aidèrent Peran à descendre. « Comment avez-vous su ? interrogea Vlad.

- C'est une longue histoire, répondit Peran. Disons que j'ai connu la bonne personne. »

Le reste de la journée se passa dans une allégresse peu commune sur l'île. La nouvelle de la réussite de Peran se répandit très rapidement à tout le monastère. De nombreux moines vinrent apporter leurs félicitations, que Peran accepta, un peu gêné par cette renommée dont il n'eut pas l'habitude et qu'il trouva indue.

Le soir, le père supérieur congratula lui aussi le jeune écuyer. « Je n'ai pourtant pas fait grand-chose, dit Peran, je n'ai eu que de la chance.

– La chance n'est qu'un des éléments de votre réussite jeune homme. Tout d'abord vous minimisez l'épreuve qu'il vous a fallu franchir pour parvenir jusqu'au ravin. Cette coursive est bien plus dangereuse que vous ne semblez le croire. Ensuite, apprenez que le courage n'est pas l'absence de peur. L'inconscience, elle, protège bien plus sûrement de la peur que le courage ne le fait. Le courage réside dans notre capacité à abandonner ce à quoi l'on tient. Comme nous disons dans nos psaumes : le courage de perdre, c'est la chance de gagner. Et vous avez pris aujourd'hui le risque de tout perdre. »

Le lendemain, nos cinq voyageurs embarquèrent à bord du Tommderenn pour son voyage retour. Les marins et les moines se séparaient comme se séparent de vieux amis. Ils avaient appris à se connaître et à s'apprécier au fil des rotations.

La goélette quitta ensuite le quai et se trouva rapidement dans le vent du large, qui ce jour-là soufflait abondamment. Le retour s'effectua sans écueil. Au bout de trois jours de croisière, le Tommderenn accosta de nouveau à Nonquir.

Nos cinq voyageurs retrouvèrent le commandant de la place forte de Nonquir et son hospitalité convenue. Ils passèrent une nuit sur place, puis dès le lendemain reprirent chemin en direction du nord-est.

Peran se posa de nombreuses questions sur l'aventure qu'il venait de vivre. Était-il plus courageux maintenant qu'avant son arrivée ? Lui ne sentait en lui-même aucune différence. Peut-être avait-il plus confiance en lui. Braver un océan en furie et en sortir vivant rassure un homme sur ce qu'il peut endurer et sur ce à quoi il peut survivre. Mais les enseignements de l'ordre monastique restaient mystérieux. « Le courage de perdre, c'est la chance de gagner ». Qu'est-ce que cela voulait-il dire au juste ?

Ces pensées occupèrent son esprit pendant de longs jours. Le groupe continua son voyage en suivant les indications de Vlad. Le temps se faisait de plus en plus froid chaque jour, en se rapprochant non seulement du nord mais aussi du cœur de l'hiver. Au bout de trois semaines, ils rencontrèrent leurs premiers flocons. Le paysage changeait lui aussi. En s'éloignant du Couchant, les collines se faisaient plus rares. Au bout de plusieurs semaines de voyage, ils arrivèrent dans un paysage plat et venteux. Ils arrivèrent enfin au Septentrion.

# Morana

Le royaume de Morana s'apprêtait à passer sereinement cet hiver. D'année en année, les champs se trouvaient toujours plus fertiles grâce à une irrigation ingénieuse, permettant ainsi à toujours plus de jeunes de se rendre en ville pour se consacrer à l'industrie ou aux arts. Les villes se trouvaient donc en accroissement constant et bouillonnaient de vitalité grâce à l'extrême jeunesse de la population.

Le roi s'appelait Sabir II. Son vrai nom était Parsimpila Gatrochoujinusylaridafonis, mais les habitants de ce royaume avaient pour habitude de se choisir des surnoms… Bien que l'on pût décrire Morana comme une monarchie, le monarque n'héritait pas du trône mais était élu à vie par le conseil des guerriers. Lors du décès d'un roi, le conseil se réunissait après un deuil de vingt-sept jours et élisait donc un des siens comme nouveau roi.

Cela faisait vingt-deux ans que Sabir II était roi de Morana et son règne avait été parmi les plus glorieux de son histoire. Il avait réussi à soumettre les peuplades voisines de sa frontière australe, qui jusqu'ici avaient toujours constitué une nuisance permanente par leurs pillages sporadiques mais incessants. Il avait aussi patiemment fait bâtir une flotte de guerre et de commerce qui assurait au royaume un afflux régulier de ressources précieuses en provenance de contrées orientales, bien plus certain que celui généré par les caravanes terrestres toujours soumises aux aléas des longs voyages. Le commerce s'en trouvait très développé ce qui d'une part ouvrait de nouveaux débouchés aux spécialités de son royaume et d'autre part favorisait grandement le foisonnement des idées et de la culture.

Enfin il avait mené quatre guerres contre Vérika, l'ennemi héréditaire ; ce qui passait pour un fait glorieux aux yeux de ses sujets. Même si cet ennemi n'avait pas plié et s'était défendu de manière brutale et courageuse, Sabir II avait le sentiment d'avoir accompli son devoir. Il avait aussi la conviction que cet ennemi ne résisterait pas indéfiniment à ses coups de boutoir et qu'un jour ou l'autre, le royaume de Vérika flancherait. Il rêvait secrètement du jour où il se couvrirait de gloire en ramenant au Palais de Morana, sous les clameurs de la foule, la reine de Vérika prisonnière et enchaînée ; lavant ainsi l'affront dont le royaume de Morana se sentait victime. Un tel roi ne put que marquer les esprits, pensait-il. Son nom resterait gravé pour toujours dans les mémoires et inscrit en lettres d'or dans les livres d'histoire. Il réussirait ainsi à devenir ce que tout homme d'ambition a un jour rêvé d'être : immortel !

Mais du désir à la réalité, les écarts sont parfois grands. Ces guerres lui avaient coûté cher et il veillait à ne pas trop se dégarnir. Morana avait d'autres ennemis féroces. Sabir II redoutait par-dessus tout, animé comme tous ses concitoyens par une sorte de frayeur ancestrale qu'un de ses voisins n'entreprît à nouveau sa prédation territoriale aux dépens de Morana. Sabir II préférait marier la hardiesse avec la prudence, plutôt que jeter toutes ses forces dans un seul dessein.

Le conseil de guerriers se réunissait trois fois par an pour discuter des orientations du royaume. C'était là l'occasion pour le roi de garder un lien avec les autres chefs de clan et de susciter l'adhésion du plus grand nombre à ses projets. Le conseil de guerriers durait quatre jours pour, en hiver, se terminer le jour du solstice. Le premier jour était réservé aux festivités d'accueil. La plupart des participants venaient en effet de provinces éloignées et la fin d'un aussi long voyage méritait d'être célébrée. Les deuxième et troisième jours étaient consacrés aux discussions et le quatrième aux annonces publiques et aux célébrations.

Au cours des débats du deuxième jour, Sabir II demanda aux membres du conseil de se prononcer sur le dernier assaut mené contre Vérika. Tous regrettaient amèrement la défaite, mais aussi le sacrifice humain consenti. Le royaume de Morana pratiquait en effet une sorte de conscription familiale. En cas de mobilisation générale, chaque foyer devait pourvoir un homme valide d'au moins seize ans aux armées du roi. Si bien que les pertes aux combats réduisaient le nombre d'hommes valides. Ces absences se ressentaient aussitôt dans les rendements agricoles. On passa néanmoins rapidement sur ce sujet. Le royaume de Morana avait une longue culture militariste et on ne s'épanchait pas habituellement au sujet des pertes aux combats. La question de la suite à donner à la guerre contre Vérika arriva rapidement dans les débats. Une bonne part du conseil jugeait qu'il fallait en rester là pour le moment. Le dernier assaut avait été si meurtrier qu'ils jugeaient le pays incapable de soutenir un assaut d'ampleur comparable si peu d'années après le précédent. Un des membres du conseil quant à lui, jugeait au contraire qu'il fallait repartir à l'assaut rapidement. « Il faut profiter de la stupeur de l'ennemi. Il a peut-être gagné la dernière fois, mais il est aux abois, assura le guerrier surnommé Betho[14].

- Comment savoir si Vérika est durablement affaiblie ou pas ? interrogea Sabir II.
- Ha bah c'est simple, figure-toi que c'était plusieurs mois après notre dernier assaut. Mes sentinelles ont capturé une petite troupe de cinq Vérikains qui traversait ma province,

---

[14] Glapistelo Refracinemaciniento, de son vrai nom.

comme si de rien n'était. Ils se croient partout chez eux ceux-là !
- Et alors ? Qu'as-tu fait ?
- Ce que j'ai fait ? Et bien ce que chacun d'entre nous aurait fait ! Je les ai arrêtés et torturés pardi.
- Et que t'ont-ils dit ?
- Je n'ai pas tout compris, parce que je ne parle pas leur langue, enchaîna-t-il en mangeant une cuisse de poulet, mais j'avais un soldat qui connaissait quelques mots.
- Et alors ?
- Et bien d'après ce qu'il a compris, l'un d'entre eux était envoyé pour parlementer. C'est vrai qu'il y en avait un, un peu différent des autres. Il était habillé de soie et surtout beaucoup plus gros. Alors tu vois ? S'ils envoient des parlementaires c'est que ça commence à sentir le roussi. Un pays qui se sent fort ne cherche pas à parlementer, conclut-il en jetant son os de poulet pardessus son épaule.
- Hmm je vois et qu'as-tu fait de ces hommes ?
- Oh ben, les quatre sbires, je les ai revendus comme esclaves au marché de Capistala et le gros je l'ai attaché torse-nu à un âne et renvoyé chez lui. Ha, Ha. Les corbeaux ont dû s'en donner à cœur joie ! Et tout le conseil se mit à rire de cette bonne farce.

– Oui, mais nous aussi sommes dans une posture délicate, remarqua Sabir II. Sais-tu combien d'hommes j'ai perdu la dernière fois, Betho ? Plus de dix-mille !

– Dix-mille, ce n'est rien comparé aux quarante milles que nous sommes capables de lever. Et puis sait-on seulement combien d'hommes eux ont perdu ? Car je peux te le dire, j'en ai fait rouler des têtes la dernière fois, dit Betho en soupesant fièrement la hache accrochée à son ceinturon.

– Nous louons tous ta bravoure ici Betho, mais tu sais bien qu'ils ont toujours eu moins de pertes que nous. Ils ne sont pas fous. S'ils portent des armures aussi lourdes, c'est bien que cela a quelques avantages. Quant aux quarante milles hommes que tu espères lever, tu sais bien que la moitié sont des vieillards impotents. À vrai dire, presqu'une famille de Morana sur trois a perdu son fils le plus vaillant. Nous ne pouvons pas ignorer ce sacrifice. Il nous faut attendre que le temps panse nos blessures et que les deuils soient faits, ou bien procéder autrement.

– À quoi penses-tu ? demanda un autre guerrier.

– Je n'ai pas établi de plan, mais je crois qu'il est vain de préparer un autre assaut massif. Ne serait-ce parce que c'est certainement ce que les Vérikains anticipent. Ils

doivent probablement déjà se préparer à cet évènement à cette heure-ci.
- Et le parlementaire alors ? Pourquoi l'avoir envoyé ? demanda Betho.
- Ça nous ne le saurons jamais puisque tu l'as renvoyé ! Mais c'est probablement pour gagner du temps ou tester notre détermination, certainement pas pour négocier la paix. Nous les connaissons trop bien. Ils sont si arrogants et sûrs d'eux. Vérika ne signera jamais de paix à moins d'y être contraint par la force. Et bien mes amis, je vous annonce que c'est ce que nous allons faire et cette paix, cette fois-ci, sera selon nos conditions ! »

Et Sabir II se fit acclamé par tous. Chaque guerrier marquait son approbation en frappant bruyamment son arme contre la table dans un brouhaha tonitruant. Une fois le calme revenu et les derniers verres vidés, un des guerriers de l'ouest de Morana surnommé Droman interpella le roi : « Sabir, dis-nous quel est ton plan ?
- Il nous faut profiter de toutes les faiblesses de l'ennemi. Ils sont trop sûrs d'eux et de leur force ; cela veut dire qu'ils ne se méfient pas. Leurs frontières sont à peine gardées. Il est très facile d'y pénétrer sans rencontrer de soldat.

– Oui certes, mais une fois en territoire ennemi, une armée ne passe pas inaperçue, rétorqua Droman.
– Une armée entière certainement, mais un groupe d'une vingtaine d'hommes non. Ce groupe pourrait aller très loin à l'intérieur du pays sans être inquiété. Une vingtaine d'hommes, c'est suffisamment important pour ne pas craindre leurs patrouilles isolées et suffisamment petit pour ne pas être repéré.
– Mais que peut-on faire avec vingt hommes ? se demanda Bethos.
– Enlever la reine par exemple et la ramener prisonnière ici.
– Quoi ! Et s'ils envoient leur armée nous envahir, pour la délivrer ?
– Ça je n'y crois pas. Tout d'abord sans reine sur place, toutes les divisions du royaume vont resurgir. N'oubliez pas qu'elle n'a pas de descendant. Leur Cour deviendra un véritable panier de crabes avec tous les ambitieux qui essaieront de profiter de son absence. Ensuite, ce serait pour leur armée véritablement suicidaire, car nous pourrions les harceler sans fin avec nos cavaliers légers. Non, ils n'ont pas la force de nous envahir.
– Et que demanderas-tu en échange ?

– Ce que nous avons toujours rêvé d'obtenir, pardi ! le mausolée d'Agamon ! » annonça fièrement le roi.

Le mausolée d'Agamon était une icône mythique du royaume de Morana. Agamon était censé avoir été le fondateur du royaume ; du moins c'est ce que chaque Moranais apprenait dès son plus jeune âge. La tradition orale voulait que la dépouille de ce fondateur eût été enterrée au sein d'un mausolée sur son lieu de naissance, mais à vrai dire aucun Moranais n'avait jamais vu ce mausolée, ni ne savait où il se trouvait. Cette même tradition voulait qu'Agamon fût originaire du nord, donc de Vérika. Le ressentiment des Moranais vis-à-vis de Vérika était donc tout autant nourri par l'amertume des défaites passées, que par l'idée que les Vérikains refusaient aux Moranais l'accès à ce mausolée.

Bien évidemment, au fil des siècles, le doute s'était installé dans les esprits. Agamon avait-il réellement existé ? Tout cela n'était-il pas le fruit de l'imagination fertile des humains étant donné qu'aucun écrit sérieux ne pouvait confirmer cette légende ? D'ailleurs, on notait des différences régionales dans cette histoire. Les régions du sud considéraient qu'Agamon avait fondé le royaume de Morana il y a cinq cent trente-huit ans, après s'être installé sur un ilot au milieu de leurs marais. Pour les régions de l'est, Agamon était beaucoup plus ancien et son règne remontait à huit cent cinquante ans. Pour les régions de l'ouest, Agamon était originaire non pas du nord, mais d'une île bien plus lointaine que le royaume de Vérika et située au nord-ouest. Bref tous les aléas de la tradition orale avaient fait naître dans bon nombre d'esprits l'idée qu'Agamon n'avait en réalité jamais existé.

L'annonce de Sabir II, que la revendication en échange de la libération de la reine serait la restitution du mausolée, fut reçue bien différemment. Il y avait tout d'abord ceux que l'idée exaltait. Il s'agissait de ceux qui ne doutaient pas de l'existence du mausolée et qui simultanément étaient persuadés que Vérika – l'ennemi héréditaire – faisait tout ce qui lui était possible pour cacher le lieu exact. Ceci, à leurs yeux, ne pouvait être que la seule explication logique au fait que les Moranais n'avaient jamais retrouvé ce mausolée. Il y avait ensuite ceux qui ne croyaient pas à l'existence du mausolée. Ceux-là ne le revendiquaient généralement pas trop fort – il est toujours mal vu, dans toute société, de briser un tabou – mais ne voyaient pas d'un bon œil l'idée d'agresser un ennemi puissant pour revendiquer une contrepartie impossible à satisfaire. Ce genre d'entreprises, pensaient-ils, ne pouvait que conduire à des guerres perpétuelles. Enfin il y avait tous ceux qui tout simplement avaient peur. Tenter d'envahir Vérika avec un corps expéditionnaire était un projet acceptable tant que le gros de l'armée restait en défense, mais enlever leur reine ne pouvait que réveiller un voisin qui restait dangereux ; qu'il y ait un mausolée ou pas.

À cette annonce, les seigneurs se regardèrent tous pour tenter de comprendre ce que chacun d'entre eux pensaient de l'idée de Sabir II. Droman fut le premier à s'exprimer : « Sabir, soyons sérieux. Nous-mêmes ne savons pas où se trouve ce mausolée. Comment les Vérikains pourraient-ils le savoir ?

– Tu oublies que ce sont eux qui nous le cachent, répondit Betho.

– Je n'oublie rien, je réfléchis avant d'agir, voila tout. Comment sais-tu ce qu'ils savent ou ne savent pas réellement ? Au lieu d'écorcher leurs émissaires, tu aurais mieux fait de les garder. Au moins nous pourrions décider en connaissance de cause, plutôt que d'échafauder des stratégies en aveugles.

– À t'écouter, on dirait que tu les soutiens, lança avec défi Betho.

– Cela suffit, coupa Sabir, qui ne voulait pas que le débat s'envenimât ainsi. J'ai bien entendu vos réserves mes amis. Nous ne savons pas tout des Vérikains ; c'est bien vrai, mais nous en savons assez. Nous enverrons nos vingt

meilleurs soldats enlever la reine au début de l'été et mobiliserons notre armée après les moissons au cas où le royaume de Vérika riposterait. Je nommerai demain celui d'entre vous qui sera chargé de mener cette mission. Le roi a parlé !
- Pour Morana, pour notre Roi ! » reprirent-ils tous ensemble.

C'est par cette phrase rituelle que les débats s'achevaient à Morana. Ainsi donc en ce début d'hiver se prépara une nouvelle agression de Vérika, mais des plus audacieuses.

# Le Septentrion

Landes de l'air et du commerce, landes de la justice, le Septentrion était une vaste zone marécageuse balayée par des vents froids. Les habitants avaient appris au cours des siècles à domestiquer cet élément naturel. Pour fuir les inondations et regrouper la population sur les trop rares lopins qui échappaient à l'eau, ils avaient construits leurs habitations en tours fines et très élevées. Une ville s'apparentait à un regroupement hétéroclite de longs fuseaux desquels sortaient toutes formes d'appendices. Les liaisons entre le haut et le bas des tours étaient aidées par une mécanique ingénieuse de poulies entrainées par d'impressionnantes voiles rotatives. Ces grands moulins blancs tournaient lentement et aidaient ainsi la vie toute verticale de ses habitants. Chaque ville comportait une tour centrale plus haute que les autres. Munie d'un phare puissant, elle avait pour mission d'indiquer aux marchands des environs l'emplacement de la ville. Les villes vivaient du commerce qu'elles entretenaient aussi bien avec des pays étrangers qu'avec d'autres provinces, et de quelques fabrications locales comme le tissu. Au début le commerce s'était développé entre le Septentrion et quelques pays lointains où des comptoirs avaient été créés. Mais au fil des ans, leur rigueur professionnelle alliée à l'extrême impartialité de leurs tribunaux de commerce, avaient conféré aux commerçants septentrionaux une réputation unique. Cette marque de confiance leur avait permis de développer non seulement leurs lignes commerciales, mais aussi des activités bancaires bien au-delà de leurs frontières.

Les habitants du Septentrion avaient développé leur système judiciaire sur les recommandations de leurs plus grands penseurs. Ainsi ils avaient pour habitude de nommer des juges indépendants, de garantir l'assistance d'un avocat et de reconnaître la présomption d'innocence – toutes choses inconnues du reste du royaume.

Notre équipée se rendit à Ryckel, la principale ville du Septentrion et le plus important port de commerce du royaume. Là aussi, nos cinq amis se rendirent à la place forte locale. Le commandant était un homme jovial et rondouillard qui les accueillit chaleureusement. Il portait de longues moustaches qu'il entretenait soigneusement.

Le soir, à la demande impromptue de Vlad, Porquerolle interrompit rageusement la consommation d'une bière, déplia son livre et lut les paragraphes qui se rapportaient au Septentrion. Héromus avait décrit assez longuement les villes du Septentrion et les auditeurs purent remarquer que peu de choses avaient changé depuis cette époque. Le livre d'Héromus racontait ce que le roi Fransach XXXI avait appris en assistant aux procès de ces habitants novateurs. Il était donc demandé à Peran d'assister à l'un d'entre eux. Vlad s'enquit aussitôt auprès du commandant, du prochain procès prévu.

« Et bien le prochain a lieu dans trois jours ici à Ryckel. Le tribunal séjourne au troisième étage de la première tour. *Gotferdom*, vous la trouverez sans difficulté hein. C'est la seule tour blanche de la ville ! » Le rendez-vous fut donc pris et le jour dit, par un froid de gueux, Peran, Vlad, Porquerolle et les deux gardes se rendirent au tribunal.

La cour de justice devait juger ce jour-là les crimes commis par un homme appelé Muransot. De mémoire de vivant, on n'avait jamais connu pire crapule que celui-là. La liste de ses crimes était longue : en tout une trentaine de meurtres, tortures ou viols, tous commis avec une sauvagerie qui retournait le cœur. Muransot avait longuement échappé aux enquêteurs à cause de son apparence physique. Il avait en effet le physique d'un ange : des traits et des joues lisses comme un nouveau-né et une stature frêle, qui ne correspondait pas à l'image que l'on se faisait d'un criminel dangereux et sanguinaire. Tout juste avait-il un regard dérangeant : avec des yeux d'un turquoise laiteux, il semblait regarder les gens au-delà de leur personne comme s'il pouvait voir à travers eux ou, plus exactement, comme s'il ne les voyait pas.

Son arrestation se passa dans le plus grand calme. Muransot ni n'opposa de résistance ni ne fit aucun commentaire lorsque les enquêteurs à sa recherche depuis tant d'années arrivèrent à son domicile. Par contre, il ne fallut pas moins de vingt soldats pour l'escorter jusqu'à la prison centrale, tant la haine de la foule, avertie par la rumeur, fut féroce. Mais lui ne donna aucun signe d'émotion. Il traversa ce couloir d'insultes et de crachats sans jamais détourner le regard, sans jamais offrir la moindre réaction en retour.

L'instruction de son procès fut extrêmement rapide. Il reconnut ses crimes, répondant sans jamais hésiter à toutes les questions qu'on lui posa. Il ne laissa rejaillir aucun remord d'aucune sorte. Il avait juste un léger tic qui lui faisait dodeliner de la tête lorsque l'on s'adressait à lui et qu'il avait décidé de répondre ; ce qui semblait être chez lui la seule expression émotionnelle possible. Il répondait toujours par oui ou par non, ou bien, lorsqu'il fallait en dire plus, par de curieux petits poèmes de quatre vers.

Aucun avocat ne voulut le défendre si bien qu'on dut en réquisitionner un. On choisit le plus mauvais – un dénommé

Freluchet – puisque de toute façon l'accusé n'en réclama aucun et que comme ça tout au moins, il y aurait un peu de travail pour l'incompétent.

Le procès commença par les rituels administratifs habituels, puis on arriva vite dans le vif du débat. Tout comme à l'instruction, Muransot répondit par oui ou par non. Et tout comme à l'instruction, il déclama ses petits poèmes de quatre vers pour s'exprimer. Lorsque le juge lui demanda de raconter son histoire personnelle, Muransot se leva et dit :

« Enfant perdu, fils de nulle part,
Enfance volée, long cauchemar.
Immense violence, échappatoire ;
Ange du Démon, mon seul espoir. »

L'étrangeté du propos dans sa forme et son contenu glaça l'audience quelques instants. La plupart cherchèrent à comprendre ce qu'il eut voulu dire et certains perçurent – enfin – un début d'humanité dans ce personnage. Mais tout le crédit gagné par Muransot avec ces quelques vers, fut anéanti par la saillie de son avocat, qui après avoir roté sans s'excuser s'exclama : « Monsieur le juge, un aussi bon poète ne peut être aussi méchant qu'on le dit. » Le juge regarda l'avocat, se demandant si tant de bêtise fut le résultat d'une intention délibérée ou pas, puis répondit calmement : « Maître Freluchet, apprenez qu'à ce stade du procès on ne dit rien mais on constate. Apprenez ensuite que la qualité du poète est sans pertinence aucune avec la culpabilité ou l'innocence de l'accusé. »

Le procès continua ensuite avec la description plus ou moins détaillée des trente-cinq crimes desquels il fut accusé. À chaque interrogation du juge ou du procureur, Muransot répondit placidement par oui ou non, toujours en dodelinant de la tête comme seule expression émotionnelle.

Peran comme bon nombre des membres du public, découvrit une échelle de l'horreur comme il n'aurait jamais pu l'imaginer. À chaque description des crimes par le procureur, celui-ci demanda à l'accusé : « Les faits sont-ils exacts ? » Et immanquablement dans le silence de la cour, on entendit un « oui » froid, suivi d'un émoi de la foule ou parfois d'un cri et des pleurs d'un proche de la victime. Tout au plus y eut-il une surprise lorsqu'à deux occasions Muransot expliqua – toujours en vers – qu'il n'était pas responsable de ces deux crimes. Dénégations qui furent vite balayées par le procureur avec l'aide involontaire de l'avocat. De toute façon on se dit que cela ne changeait rien, qu'il lui restait trente-trois crimes à sa charge, ce qui suffisait très largement à le faire condamner.

À la fin de cette journée éprouvante, vint le temps des plaidoiries. Le procureur commença. Il insista longuement sur la cruauté de l'accusé, la préméditation et la répétition des crimes, et sur la douleur des victimes et de leurs proches. Puis vint la plaidoirie de l'avocat qui ne fut rien d'autre qu'une dissertation ennuyeuse en relation lointaine avec le sujet des débats. Enfin, le juge demanda à l'accusé s'il eut une déclaration à faire avant que le jury ne se retirât pour délibérer. À la surprise générale, Muransot se leva et se tourna vers la foule, puis très calmement dit :

« Je suis le bras vil dont le Mal s'assure.
Frémissez car il n'y a nulle armure,
Mais chérissez tout ce qu'il vous dévoile.
Je suis pour vous la pourfendeuse étoile. »

La foule resta interloquée comme si elle attendait une suite. Mais c'est un cri d'injure qui rompit le silence, suivi par des dizaines d'autres et par des jets d'objets. La foule au mieux s'attendit à des excuses ou à des remords ; sa déception renforça sa colère. Elle se déchaina contre lui. Muransot fut immédiatement évacué par les soldats royaux sous cette pluie de haine qui ne sembla avoir aucun effet sur lui.

Après que l'accusé fut emmené, la cour reprit peu à peu son calme. Le jury se retira dans une petite salle située à l'étage au-dessus. La plupart des citoyens quittèrent la salle, mais certains préférèrent attendre la délibération du jury. Peran ainsi que ses quatre compagnons décidèrent d'attendre eux aussi. Peran se dit qu'il n'y avait pas grande surprise à attendre du verdict tant la culpabilité de l'accusé fut certaine. Il ressentait d'ailleurs un sentiment de répulsion à l'égard de cet accusé et souhaitait secrètement un châtiment de la plus grande férocité.

Au bout de quelques heures de délibération, le jury réapparu dans la salle et le juge en rendit compte publiquement :

« Nous jury, sommés en la troisième juridiction de Ryckel de statuer sur l'affaire Muransot, déclarons l'accusé coupable de trente-trois meurtres, douze viols et vingt-quatre actes de torture. De par ce fait, nous condamnons l'accusé à un châtiment de trente-trois coups de fouet, à la roue puis à la pendaison jusqu'à ce que mort s'ensuive. Que la souffrance de ce châtiment soit le maigre réconfort du préjudice enduré par ses victimes et aide le sentiment de justice à se diffuser dans les cœurs. La cour a rendu son œuvre. »

Le verdict fut accueilli par des applaudissements et des soupirs satisfaits. Certains proches se mirent à nouveau à pleurer comme s'ils furent arrivés à la fin d'un long chemin.

Pourquoi avoir acquitté de deux meurtres cet odieux assassin ? se demanda Peran. Quelle différence cela put-il bien faire de mourir pour trente-trois ou trente-cinq meurtres ? Dans tous les cas, il n'y avait pas de peine plus importante que la peine capitale. Alors pourquoi faire preuve de finesse devant tant de barbarie ?

Ces interrogations à cœur, Peran attendit quelques instants que la cour se fut clairsemée, puis interrogea le juge à ce sujet.

Le juge regarda le jeune Peran puis lui répondit : « Mon ami, la justice n'est pas la vengeance. Tout d'abord, en acquittant Muransot de ces deux crimes pour lesquels nous avons toutes les raisons de croire qu'il ne les a pas commis, nous forçons les enquêteurs à se remettre à la recherche des vrais coupables. Reconnaissez qu'il serait regrettable qu'il y eût d'autres assassins en liberté et que ceux-ci ne fussent pas inquiétés. Ensuite, notre rôle n'est pas de trouver une excuse pour assouvir le désir de vengeance des victimes, mais de séparer ce qui est juste de ce qui ne l'est pas. Si Muransot n'a pas commis ces deux crimes, nous devons le reconnaître. C'est l'éclatante vérité qui doit être notre guide et non pas des instincts vengeurs, fussent-ils ceux d'un honnête homme. »

Peran remercia le juge de ces explications. Il revint, songeur, à la place forte où ses compagnons et lui passèrent la nuit. Peran dormit mal cette nuit-là.

Le lendemain, nos cinq compagnons se préparèrent à partir. Le commandant de la place fit aider les préparatifs et s'entretint longuement avec Vlad. En milieu de matinée, ils firent enfin prêts et se mirent en chemin.

Les jours qui suivirent furent l'occasion pour Peran de discuter avec ses compagnons de ce qu'ils avaient vécu au tribunal. Les avis étaient partagés sur la question. Vlad aussi, d'habitude si réservé, se risquait à donner son opinion, toujours avec ses tournures de phrase si particulières.

Plusieurs semaines passèrent et un soir, après une journée de voyage particulièrement animée, Peran s'adressa à Vlad : « Pourquoi parlez-vous aussi bizarrement ?

− Dans ma ville on s'interdit l'usage des verbes du premier groupe. C'est une coutume locale s'il vous sied mieux.

− Sans verbe en ″er″, mais comment c'est possible ? Il doit y avoir des centaines de cas où on ne peut pas trouver de verbe !

– Je ne le crois pas », répondit sobrement le capitaine.

Peran sembla interloqué quelques instants.

« Comment dites-vous ″aimer″ ? reprit-il, bien décidé à prendre son contradicteur en défaut.
– Etre épris de… répondit Vlad calmement.
– Fermer ?
– Occlure.
– Manger ?
– Se nourrir de.
– Acheter ?
– Acquérir.
– Amener ?
– Conduire.
– Proposer ?
– Offrir.
– Demander ?
– Requérir.
– Aider ?
– Secourir.
– Aller ?
– Aller est du troisième groupe.

– Mais pourquoi s'interdire tous ces verbes ?!
– Parce que c'est plus difficile ainsi, dit posément Vlad.
– Parce que c'est plus difficile… » se répéta Peran, songeur.

Le soleil se couchait dans leur dos et éclairait devant eux des vallons verdoyants et calmes du printemps naissant. Le lendemain, ils seraient au Levant.

# Colosse fragile, calme fébrile et autres oxymores

Ce jour-là ne sera pas comme les autres, pensa le jeune garde. Il venait d'ouvrir les portes du Palais à trois personnes qu'il reconnut aussitôt. Ces trois voyageurs étaient les espions au service de sa majesté. Ils réclamèrent aussitôt une audience auprès du ministre-régent. Après les avoir fait s'asseoir dans une des pièces communes du Palais, le garde courut jusqu'aux appartements du ministre-régent et demanda à lui parler. En ce début de matinée, le ministre-régent était en pleine séance de maquillage et n'appréciait pas d'être importuné pendant ces préparatifs. Il accorda néanmoins audience. Le jeune garde entra tout essoufflé dans la chambre du ministre et sans faire de révérence s'adressa à lui : « Monsieur le ministre, ça y est ; les espions sont revenus. Tous les trois ! s'écria-t-il tout en illustrant son propos par une main tendue et trois doigts sortis.

– *Parit contemptum nimia familiaritas*[15]*,* s'exclama le ministre-régent. Veuillez vous exprimer plus convenablement s'il vous plait.
– Pardon Votre Altesse, reprit le garde. Votre Altesse, les trois espions que vous avez envoyés sont rentrés au Palais ce matin même. Ils sont à votre disposition dans les communs de la Garde.
– Merci jeune homme, c'est bien plus convenable ainsi. Je prends note. Restaurez-les ; je descends les voir ce matin. »

Le garde n'oublia pas de faire un salut en sortant. Il remarqua également dans la chambre à coucher du ministre-régent, un jeune homme torse-nu de fort belle nature. Il courut ensuite transmettre les instructions du ministre-régent.

Plus tard dans la matinée, le ministre-régent descendit dans les communs de la Garde. À sa surprise il y rencontra la reine suivie de M. Carouine, qui s'apprêta, elle aussi, à entrer dans le local. Après avoir fait une révérence, le ministre-régent ne put cacher sa surprise. « Ne vous étonnez pas de me voir ici, avertit-elle, je suis toujours bien informée de ce qui se passe dans mon royaume. » M. Carouine, qui la suivait, s'inclina modestement en

---

[15] *Trop de familiarité fait naître le mépris* – Publius Syrus – Sentences.

direction du ministre-régent stupéfait et arbora un très large sourire de satisfaction.

En entrant dans la pièce, les trois espions saluèrent la reine et celle-ci, au mépris du protocole, les questionna aussitôt. Un des greffiers du Palais notait leur récit à l'aide d'un chevalet en bois au fond de la salle.

Le chef des trois espions crut utile de rappeler la difficulté de sa mission. Il rappela ainsi que les habitants de Morana parlaient une langue inconnue à Vérika, mais qu'il était un des rares à la parler, pour l'avoir apprise de sa grand-mère. Il put ainsi se rendre compte que le royaume de Morana était parcouru par un optimisme général. Chaque nouvelle année semblait être meilleure que l'année précédente. La population était jeune et plein d'entrain. La dernière guerre contre Vérika avait certes été très meurtrière mais peu de sujets semblaient la regretter. D'une manière générale, les habitants nourrissaient une haine féroce envers Vérika qu'ils considéraient comme leur principal ennemi.

La reine sembla irritée d'entendre des propos si favorables à Morana, mais laissa l'espion continuer son récit. Celui-ci raconta ensuite comment le roi consultait deux fois par an le conseil des guerriers mais que rien ne filtrait de ce qui s'y disait. L'espion raconta comment par ruse et séduction, il réussit à nouer une relation avec une des jeunes femmes au service du roi. Il apprit ainsi que le roi de Morana ne voulait pas envahir Vérika ni cette année-ci ni les suivantes, mais projetait plutôt d'enlever la reine de Vérika à l'aide d'un petit groupe d'hommes, pour exiger une forte rançon.

L'annonce de ce projet suscita une vague de stupeur dans le petit local. M. Carouine vérifia qu'il n'y avait pas d'autres témoins et intima à tous ceux présents, l'ordre de garder cette information totalement secrète. La reine demanda plus d'informations, mais l'espion indiqua qu'il n'avait pas réussi à en savoir plus. En particulier, le montant de la rançon lui fut inconnu.

La reine comprit immédiatement que cette nouvelle bouleversait tous ses plans. Elle regarda M. Carouine en silence et il hocha très discrètement la tête en retour comme s'il acquiesça silencieusement. Ces deux-là n'avaient pas besoin de se parler pour se comprendre.

La reine convoqua dans la même journée dans son bureau un conseil restreint. Autour d'elle, M. Carouine, Le ministre-régent et le duc de Marondas, discutaient des nouveaux plans qu'il fallait adopter. M. Carouine suggéra de mettre la reine à l'abri sans tarder, dans un fortin tenu secret et de la remplacer au Palais par un sosie. « Je ne crois pas cette solution viable dans la durée, fit remarquer le duc. Tôt ou tard, quelqu'un remarquera la différence entre le sosie et sa majesté, et il deviendra alors impossible de garder le secret sur cette supercherie. Dès lors, nos ennemis n'auront plus qu'à chercher où sa majesté se cache et, en y mettant le temps, finiront par la trouver. Et à ce moment-là, elle sera dans une situation plus difficilement défendable qu'ici, au Palais.

- Vous n'allez quand même pas suggérer que la reine attende patiemment ici tel un appât ? demanda M. Carouine.
- Il ne s'agit pas de faire l'appât, mais de ne pas céder à la menace, tout simplement. Majesté, dit alors le duc de Marondas en s'adressant directement à la reine, le Palais est gardé par près de deux-cents hommes parmi les meilleurs, nuit et jour. De plus la garnison de Pagonie toute proche compte près de mille hommes dont une centaine de chevaliers. Ils sont mobilisables en quelques minutes. Comment les Moranais pourraient-ils vous enlever, ici, au milieu de votre palais fortifié ?
- Tout colosse a ses failles, même un palais aux apparences si parfaites comme le nôtre, répondit calmement M. Carouine.

– Je dirais même plus : *Decipimur specie recti*,[16] enchaina fièrement le ministre-régent.
– Pour l'amour du ciel, taisez-vous ! interjeta la reine en le poignardant du regard.
– Nous avons déjà fauté par orgueil en croyant connaître et dominer nos ennemis. Mais les voici qu'ils nous surprennent à nouveau, renchérit M. Carouine.
– Je maintiens ma position, reprit le duc. Fuir devant la menace est une forme de reddition que les Moranais interpréteront comme une faiblesse. De plus, cela leur révèlera que nous connaissons leur plan. Or l'information de nos espions est aujourd'hui la seule avance que nous avons sur eux. Laissons-les plutôt se dévoiler et s'humilier en lançant cette tentative ridicule. Ils ne viennent pas avec une armée qui serait trop visible et interceptée bien avant d'arriver à Pagonie, mais plus probablement avec un petit groupe. Dès qu'ils seront découverts, ils ne feront pas le poids face à notre armée. En cinq cent sept ans d'existence, ce palais n'a jamais été violé par aucun ennemi. Nous renforcerons la surveillance et les tours de garde, et les prendrons la main dans le sac !

---

[16] *L'apparence du bien nous abuse* – Horace – L'art poétique

– J'aimerais partager vos certitudes, Monsieur le duc, dit M. Carouine.
– Je les partage, dit simplement la reine, mais croyez-moi Monsieur le duc, vous y répondrez. Personnellement ! »

Ainsi la garde de la reine fut discrètement renforcée et les accès au Palais furent rendus plus sélectifs. Tous ceux mis au courant des intentions de Morana espéraient que cela suffirait à déjouer la tentative d'enlèvement. Le Duc de Marondas supervisa personnellement les préparatifs et fit renforcer les codes de conduite de la garde du Palais. Il prit aussi l'initiative de demander à ses espions de guetter les allers et venues suspectes dans Pagonie et autour du Palais. Les espions connaissaient bien les Moranais et pourraient – pensait-il – les démasquer plus rapidement.

Mais M. Carouine était plus inquiet. Il savait son destin intimement lié à celui de la reine. Homme de l'ombre, il savait aussi qu'il n'existait pas de garde infaillible et qu'un ennemi patient et déterminé réussirait à la déjouer. Si la reine devait disparaître, son successeur sur le trône serait forcément suspicieux envers l'ancien homme de confiance qu'il était. Il pensa donc qu'il fallait renforcer sérieusement la garde de la reine et imagina d'affecter ce rôle à Vlad. Il nourrissait à son égard une confiance entière parce qu'il avait toujours trouvé cet homme pourvu d'un grand sens du devoir. Il essaya de convaincre la reine d'ordonner son retour au Palais. Compte tenu des nouvelles circonstances, le retour du chef de la Garde semblait approprié.

Mais la reine ne voulut pas que l'on puisse déceler la moindre fébrilité du pouvoir et le retour prématuré de Vlad – alors que son départ avait été très largement annoncé – ne put que faire naître des doutes à ce sujet. Aussi elle préféra se contenter de l'informer de la situation. M. Carouine s'exécuta et rédigea lui-même une note à l'intention de Vlad qu'il remit ensuite à une estafette. La note mettrait plusieurs semaines avant de le joindre, mais le plus tôt serait le mieux.

# Le Levant

Le Levant était la patrie de la terre et du travail, la patrie de l'humilité. Au pied de montagnes gigantesques dont les cimes connaissaient des gelées éternelles, les habitants vivaient dans des villes parsemées à travers une campagne fertile. Irrigation, barrages, moulins à eau, haras, forges, des centaines de réalisations construites patiemment au cours du temps aidaient ces citoyens à rester parmi les plus productifs du royaume. Il y régnait l'ambiance bon-enfant et le sentiment d'entraide de ceux qui travaillent dur. C'était aussi une région où les voyelles ouvertes étaient un peu plus longues qu'ailleurs.

Il y avait de nombreuses villes dans cette partie du royaume, mais Bergestadt était de loin la plus importante. Cette petite capitale était à un carrefour commercial et s'était spécialisée en verrerie. De nombreux ateliers en brique rouge longeaient le fleuve et employaient de très nombreux ouvriers. La ville était donc très finement décorée d'objets en verre coloré. On attachait beaucoup d'importance aux réalisations collectives si bien que les halles de commerce ou les ateliers étaient des œuvres d'art.

Cette fois-ci, les cinq compagnons résidèrent au palais du duc. Celui-ci avait été averti de l'arrivée des voyageurs et crut sans doute utile pour sa réputation de se comporter en hôte prévenant. Son palais était reconnu comme étant l'un des plus accueillants du royaume. À tel point que lors de la construction du palais de Pagonie, on veilla scrupuleusement à ce qu'il eut autant de pièces que celui de Bergestadt. Le palais ducal pouvait accueillir de très nombreux hôtes, mais les quartiers personnels étaient au contraire assez restreints. Le duc était un personnage affable et curieux. Comme beaucoup, il avait entendu parler de ce jeune écuyer qui tentait de faire la cardination, mais peut-être plus que d'autres, désirait-il rencontrer ce jeune homme. Il invita d'autorité Vlad, Peran et Porquerolle à sa table de souper pour laquelle le cuisinier en chef prépara des lavarets d'une première fraîcheur.

Le soir venu, le duc bombarda ses invités de questions et écouta très attentivement les récits qui lui furent faits. Il s'enquit des différentes coutumes des autres provinces et partagea ses réflexions sur celles-ci. Le grand port de Nonquir et les grandes tours de Ryckel capturèrent son imagination. Bien qu'il se sentît l'âme d'un aventurier, le duc n'avait eu que très peu l'occasion de voyager. Les devoirs de sa charge le retenaient à Bergestadt et rien n'aurait pu le convaincre de s'en dessaisir. Vers la fin du repas, le duc interrogea Vlad sur la suite de leur voyage. « Ma foi, c'est le bon moment de s'en enquérir, répondit Vlad.

monsieur Porquerolle pouvez-vous nous instruire s'il vous plaît ? »

Porquerolle retira son doigt de son nez, avala de force son bol alimentaire et poussa un long soupir de désespoir. Faut-il toujours être interrompu en plein repas pour ces lectures ? se demanda-t-il. La mine désespérée, il sortit de son cabas le livre et le feuilleta jusqu'à arriver au chapitre sur le Levant.

Héromus y racontait comment le roi Frisach XXXI avait remonté la rivière Rémise pour s'enfoncer très loin dans les montagnes. Sur un petit plateau à dix jours de marche, il y avait rencontré un groupe de savants qui vivaient là simplement et consacraient leur vie à la science. Ils étudiaient isolés du reste du monde avec le seul souci de faire progresser leurs connaissances. Le récit décrit comment le roi fut émerveillé par la somme des connaissances patiemment acquises par ces hommes qui se détournaient de la gloire. Hamerus raconta aussi comment Frisach XXXI participa à la gravure des connaissances acquises sur un mur d'une des grottes environnantes.

« Il nous faut alors nous rendre sur ce lieu et faire connaissance avec ces savants, déclara Vlad. Le jeune Peran se joindra à eux pour la gravure dans la grotte.

– Je crains que vous vous trouviez alors face à une déconvenue, dit le duc. Il y a bien longtemps que plus

personne ne vit dans ces montagnes. Elles sont bien trop inhospitalières et ma foi, de mémoire de vivant, plus personne n'y étudie plus. Ce sont des histoires sympathiques, mais qui correspondent à une autre époque ; je le crains.
- Quoiqu'il en soit, nous devons nous y rendre sans quoi la cardination ne pourrait pas aboutir », conclut Vlad.

Ainsi dès le lendemain, le groupe se prépara à partir vers la montagne. Vlad troqua auprès du régiment voisin leurs montures habituelles contre des chevaux plus petits et trapus, d'une race locale mieux adaptée à la montagne. Ils s'équipèrent aussi d'outils en fer forgé pour les cas où ils devraient tailler la roche pour s'aménager des passages ou des abris.

Au bout d'une dizaine de jours de marche, ils découvrirent un petit plateau au sein de la montagne où se nichaient un petit groupe de cabanes dans les recoins et interstices environnants. Toutes ces habitations paraissaient abandonnées. Le village troglodyte n'était plus. Les voyageurs appelèrent de toute leur force les habitants mais personne ne répondit. Ils descendirent de leur monture et commencèrent à explorer ce village dans l'intention d'y emménager pour la nuit.

Au bout d'une quinzaine de minutes, un vieil homme se présenta au village avec un lièvre au bout d'un collet. « Qui va là ? interrogea brutalement Vlad.

- Comment ça, qui va là ! c'est plutôt à moi de poser cette question jeune homme. Apprenez que j'habite ici et que donc vous êtes chez moi.
- Veuillez recevoir mes excuses, nous croyions cet endroit inhabité. Répondit-il.
- Alors vous êtes excusé jeune soldat. Mais qu'est-ce qui me vaut l'honneur de cette visite ?
- Nous sommes à la recherche d'un village sur un plateau où vivraient des personnes érudites de science, dit Vlad.
- Hum, je vois. Et bien sauf si vous vous êtes trompés de contrée, je crois pouvoir dire que vous êtes arrivés.
- Arrivés ? Mais l'endroit est désert.
- Décidément vous êtes fort désobligeant aujourd'hui jeune homme. Il n'est pas désert puisque j'habite ici. Il suffit d'un seul contrexemple pour qu'une règle ne soit plus vraie. Souvenez-vous-en !
- Certes, je l'admets, reprit Vlad. Mais nous nous attendions à un véritable village.
- Oh cela fait bien longtemps qu'il n'y a plus d'habitants ici. Ce ne sont plus que des ruines. Par contre, vous parlez au

dernier savant de ces montagnes. Je me nomme Primus », dit-il en faisant mine de s'incliner.

Les visiteurs se regroupèrent alors autour de lui et chacun se présenta. Primus était en réalité enchanté de cette visite. Il vivait reclus ici avec sa femme et même si l'isolement était propice à la réflexion, l'animation sociale avait aussi parfois du bon.

« Mais comment faites-vous pour vivre ici tout seul ? demanda Peran.
- Je ne suis pas complètement tout seul, puisque je vis ici avec ma femme. Elle reviendra des champs tout à l'heure. Nous vivons comme les premiers humains, répondit-il en pointant du doigt un vague potager. Je plante des tomates, des salades et toutes sortes de légumes. J'ai aussi une chèvre, des poules et dans une autre cave, j'élève des escargots. J'adore les escargots. Je trouve les circonvolutions de leurs coquilles fascinantes.
- Moi c'est surtout l'ail qui va avec que j'aime », rajouta Porquerolle en levant les sourcils de gourmandise et en frottant son ventre en petits ronds de la main.

Primus organisa rapidement un repas pour ces invités, même si dans ces montagnes on apprenait surtout le sens du mot frugal.

Chacun prêta main forte à l'organisation du dîner. Sa femme batait la *migaine*[17] pendant que les soldats assemblaient une table et des chaises ou rassemblaient du petit-bois pour le four à pain. Le soir venu, tous passèrent à table dans une ambiance bon-enfant. Sa femme servit la tablée qu'elle n'avait jamais connue si fournie.

« Oh, mais fais-donc pas ton *nareux*[18] avec nous, s'exclama sa femme avec son accent traînant, en voyant Peran hésiter à se servir. Ici c'est à la bonne franquette !

– Vous êtes bien aimable Madame, répondit-il.
– Mais dites-moi Monsieur Primus. Quelles sont donc vos activités dans ces montagnes ? demanda Vlad.
– Oh ma foi, j'étudie les mathématiques.
– Ah très bien, répondit Vlad songeur.
– J'étudie plus précisément la nature des chiffres aussi bien en algèbre qu'en géométrie, enchaîna-t-il avec une pointe de fierté dans le ton.
– Oh là là ! je sens que ça va être reparti, dit sa femme en levant les yeux au ciel.

---

[17] Mélange à base de crème et d'œufs.
[18] Timide.

– J'en suis arrivé à la conclusion que de tous les nombres de la création, le Un est le plus fascinant. Rendez-vous compte, il est plein et entier, il bat la mesure et établit la référence. C'est l'étalon serein de tout ce qui se crée. Comme le *la* sur un clavier, c'est le diapason sur lequel s'appuient tous les autres nombres. Le zéro quant à lui est le vide. Multipliez-le par n'importe quelle grandeur et pouf ! le résultat est implacable, toujours zéro ! C'est le vide sidéral dans lequel se noient tous ceux qui se mesurent à lui. Il absorbe l'univers tout autour. C'est le vortex du monde des chiffres et des espaces géométriques. C'est la singularité qui ramène tout à lui et engloutit l'univers. Autant le Un est généreux car il rayonne de sa présence et permet aux autres d'exister, il établit l'ordre sans lequel aucune construction ne serait possible ; autant le zéro est un monstre égoïste, le nombril vorace, l'œil du chaos qui guette ! »

La tirade du vieux savant fut suivie par un silence.

« Tout ça avec deux chiffres !? s'exclama Porquerolle, éberlué.

– Oui, tout ça avec deux chiffres ! lui répondit Primus sur un ton mystérieux, comme s'il trouva le résumé de Porquerolle plein de sens.

– Et où réunissez-vous vos connaissances ? Le duc de Bergestadt nous a dit qu'elles étaient d'ordinaire inscrites par gravure sur un mur, demanda Vlad.
– Oui, c'est vrai. Il y a à une petite lieue d'ici, une vaste grotte naturelle où nous avons coutume de consigner nos découvertes sur ses murs. Je pourrai vous la montrer demain.
– Je vous en rends grâce, mais le jeune Peran devra prendre part à cette gravure s'il veut accomplir la cardination, précisa Vlad.
– Hmm, la gravure n'est pas un art qui s'apprend en quelques minutes. Il lui faudra plusieurs jours avant de pouvoir graver quelque chose, mais je peux lui apprendre, répondit Primus.
– Qu'il en soit ainsi », s'exclama Vlad.

Et c'est avec ces projets en tête que le groupe termina joyeusement sa soirée. Porquerolle sortit sa flûte et la femme de Primus sa bandoline pendant que Borne et Bulot improvisèrent quelques percussions avec des morceaux de bois creux.

Le lendemain matin, une fois les difficultés du réveil surmontées, Peran rejoint Primus et Vlad. Ensemble ils mirent route vers l'est et quelques dizaines de minutes plus tard se trouvèrent face à un piton rocheux semblant sortir de terre. Sa nature et sa forme étaient en effet fort différentes des montagnes d'alentour.

« C'est un très ancien volcan qui a donné naissance à cette structure, dit Primus. Mais le plus intéressant est à l'intérieur, poursuit-il. Il semblerait que l'activité du volcan eût creusé une grande partie de cette montagne. »

Primus les précéda en se faufilant dans un interstice qui se prolongeait assez longuement jusqu'à aboutir à l'intérieur de la montagne. Là, Vlad et Peran découvrirent une vaste caverne que la nature avait creusée par on ne sait quel mécanisme. La caverne se présentait sous la forme d'un demi-cercle d'environ cent toises de diamètre. Elle formait une coupole assez régulière qui culminait à vingt toises de haut. À son faîte, un large orifice laissait très largement passer les rayons du soleil et évacuait l'humidité.

C'était donc ici que depuis des siècles, des savants venaient consigner leurs découvertes en les gravant sur les murs. On y trouvait cinq travées bien séparées qui correspondaient chacune à une discipline : en partant de la gauche, l'astronomie ; ensuite l'alchimie ; au centre, les mathématiques ; juste à droite, la physique et enfin la médecine et la pharmacopée. Peran s'approcha lentement d'une des travées pour la voir plus de plus près. Les inscriptions sur les murs étaient organisées comme dans les livres qu'il avait lus à la bibliothèque de l'académie, avec des titres et des chapitres. Mais l'écriture était petite au regard de la taille de la caverne. D'ailleurs aucune des travées n'était complétée à plus de la moitié. Peran se dit que cette caverne ne serait jamais terminée. Personne ne serait jamais assez fou pour compléter une aussi grande caverne avec des écritures aussi petites en comparaison. Par endroits, il constata que les inscriptions avaient été martelées comme pour les effacer. Il y avait aussi à d'autres endroits, des traces de feu.

« Les auteurs ont eu des remords ? demanda Vlad en pointant du doigt une zone de la travée de l'alchimie particulièrement saccagée.

– Non pas exactement, répondit Primus. Il y a très longtemps de ça, un de nos rois fut particulièrement mécontent de ce que l'on pouvait lire sur cette travée. Il ordonna alors à ses troupes d'effacer la partie litigieuse ; ce qui fut fait.

– Comment peut-on vouloir effacer tant de savoir ? demanda Peran.

– Mais mon ami, le savoir n'est pas dissociable de l'homme. C'est une de ses créations. Il suit les tourments, les vertus et les vices de son créateur. Il est parfois perçu comme un danger quand il éclaire dans une direction que les hommes ne veulent pas ou plus emprunter ; ou bien parfois comme un espoir, comme le seul moyen de se libérer de notre nature mortelle et fragile, d'échapper aux dangers de la vie que sont la maladie, la famine ou les menaces. C'est selon », conclut Primus d'un rire moqueur.

Vlad et Peran continuèrent d'observer les travées, pendant que Primus s'affaira dans un recoin de la grotte. Il préparait des morceaux de roches plats pour que Peran apprenne à graver.

Primus proposa à Peran de participer à l'écriture des décimales du nombre Pi. En effet les savants de cette grotte avaient entrepris d'écrire les dix-milles premières décimales de ce nombre dans la travée réservée aux mathématiques. L'un d'entre eux avait élaboré des décennies auparavant un algorithme fait de divisions successives qui permettait de trouver les décimales de ce nombre.

« Nous avons déjà écrit les mille trois cent soixante-quatre premières décimales, mais comme vous pouvez le constater, l'œuvre n'est pas terminée, dit Primus en pointant la travée des mathématiques.

– Mais j'ignore tout de ces opérations compliquées, s'inquiéta Peran.

– N'ayez crainte, je vous indiquerai quels sont les chiffres qui suivent. Vous aurez pour consigne de les graver, tout simplement. »

Peran se sentit quelque peu vexé d'être relégué à une tâche aussi subalterne. Graver ! Voilà donc ce qu'il devait faire et pour la plus inutile des finalités. Graver une suite de chiffres perdus au milieu de milliers d'autres, au fin-fond d'une grotte inconnue de tous. Il se résigna cependant à l'accomplir, en pensant à son objectif ultime qu'était la cardination.

Ainsi pendant plusieurs jours, Peran fit l'apprentissage de la gravure sur pierre. Primus lui apprit à respecter la taille et l'espacement des caractères, à se méfier des irrégularités de la roche car elles menaçaient l'esthétique de la gravure, à exploiter ses défauts, à polir patiemment les arêtes trop vives. Peran se concentra malgré tout à cette nouvelle activité. L'idée de rater un caractère et d'offrir cette erreur en spectacle pendant des siècles le préoccupait. Il prenait donc cette tâche très au sérieux. Régulièrement il allait comparer ses essais à ce qu'il pouvait lire sur les murs de la grotte. Plusieurs fois il se reprit. Primus était un professeur exigeant. Selon lui, le caractère gravé devait être nettement discernable. Il fallait anticiper l'érosion naturelle qui émoussait toutes les arêtes. Les chiffres gravés devaient être lisibles pour mille ans selon Primus. Il lui apprit par exemple à bien marquer les différences entre le un et le sept, entre le trois et le huit. Il lui montra patiemment les quelques endroits où le graveur avait commis des erreurs pour que Peran apprit de celles-ci.

Peran s'exerça donc sur les morceaux de pierre que Primus eut rassemblés. Le chiffre était tout d'abord gravé au stylet de sorte à affaiblir très localement la pierre. Ensuite, Peran devait enlever la matière à l'aide d'un marteau et d'un burin. Les premiers essais étaient particulièrement décevants. Il suffisait d'un coup trop sec et la pierre se brisait. Les coups trop faibles ne faisaient qu'abimer la pierre sur sa superficie sans enlever de matière en profondeur. Il répéta cet exercice de nombreux jours durant. Lorsqu'il parvint à un résultat satisfaisant, Primus lui demanda de s'exercer sur des cavernes aux alentours, mais cette fois à la renverse et les mains en hauteur, comme lorsqu'il se trouverait dans la grande caverne. La position, disait-il, avait une influence sur la tonicité des bras et il fallait donc se parfaire dans des conditions les plus proches possibles de la réalité. Peran continua donc encore de nombreux jours à graver toutes sortes de chiffres dans les murs de cette montagne. Après ces jours d'entraînement, Primus jugea que son jeune apprenti avait assez d'expertise pour s'atteler enfin à la gravure définitive.

Le lendemain, une fois rendus dans la caverne, Primus indiqua à Peran que la mille trois cent soixante-cinquième décimale de Pi était un sept[19]. Les deux hommes élaborèrent un échafaudage en bois, de sorte que Peran soit assez bien installé. Ensuite, Peran traça les contours du chiffre à l'aide d'un stylet. Primus vérifia consciencieusement le dessin et donna son accord à Peran.

Il fallu près de cinq heures à Peran pour graver ce chiffre. Il demanda son avis à Primus à chacune des étapes les plus cruciales du procédé. À la fin de son œuvre, Peran était modérément content de lui. Il ressentit une certaine satisfaction d'avoir terminé son premier chiffre, mais le trouva trop imparfait. La barre supérieure du sept n'était pas assez rectiligne, pensa-t-il. Primus fut d'accord avec l'analyse mais l'encouragea surtout à s'améliorer pour les chiffres suivants. Peran continua donc les gravures, en essayant à chaque fois d'apprendre de ses erreurs passées.

Les jours passèrent ainsi dans une douce monotonie. Peran partait pour la grotte chaque matin en compagnie de Primus. Vlad, pour ne pas laisser le poison de l'oisiveté saper les

---

[19] Et pour ceux qui l'auraient oublié, les vingt suivantes sont : 64024749647326391419.

humeurs, ordonna à Porquerolle, Borne et Bulot de participer à la vie de la ferme, s'y joignant parfois lui-même. Et il y avait fort à faire entre les anciennes habitations laissées à l'abandon et les besoins des jardins au printemps.

Au fil des jours, l'humeur de Peran changea. Le sentiment de vexation et de colère du début fit ensuite place à une résignation. Peran fut à ce moment-là d'une humeur lugubre. Il ne trouvait aucun intérêt dans ce qu'il faisait et ne s'y soumettait que parce qu'il s'y sentait contraint. Puis peu à peu, les désillusions du début se dissolvaient dans l'entrain du printemps ambiant et la petite réussite que constituait chaque nouveau chiffre gravé, pour finalement laisser place à un sentiment apaisé.

Au bout d'une dizaine de jours, Porquerolle posa la question qui finissait par poindre dans les esprits. Quand cela sera-t-il fini ? Primus s'étonna de la question. « Mais enfin la réponse est évidente : quand Peran n'aura plus rien à apprendre, répondit-il. » Cela ne satisfit qu'à moitié Porquerolle, car lui voyait surtout le temps qui passait et les corvées qui s'enchaînaient. Primus le rassura, amusé de l'effet de sa réponse. Il lui semblait que Peran faisait de gros progrès, non pas tant dans l'art de graver – car après-tout ce n'était pas le vrai but du voyage – mais dans sa relation avec l'infiniment petit.

« Nous sommes tous des poussières de l'univers et parfois il n'est pas inutile de s'en rendre compte. C'est ce que nous apprennent les sciences. Chaque nouvelle connaissance nous amène à de nouvelles questions. C'est un chemin sans fin, conclut Primus. »

Quelques jours plus tard, Peran présenta fièrement à Primus sa dernière œuvre. Il venait de graver un neuf aux courbures très réussies. Primus le félicita et convint avec Vlad que Peran pouvait dorénavant partir. Le soir venu ils fêtèrent tous ensemble la fin de cette étape, à la plus grande satisfaction de Porquerolle, qui fut ce soir-là un convive particulièrement joyeux.

Le lendemain fut le jour du départ. Les préparatifs furent plus longs que d'habitude et les adieux plus émus. Peran s'était pris d'affection pour ce vieux savant plein d'illusions et d'idées saugrenues. Vlad et Primus avaient appris à se respecter et leurs adieux furent à la fois sobres et sincères.

L'équipée reprit donc son chemin en direction du sud. Vlad estima que le trajet durerait sept semaines environ. Tout comme ils en avaient l'habitude, ils profitèrent d'abris de fortune pour passer leurs nuits ou plus rarement de l'accueil des quelques fortins militaires répartis sur le territoire.

Un jour, au détour d'un col, ils aperçurent un groupe d'une vingtaine de personnes bien agitées. En se rapprochant, ils découvrirent qu'elles marchaient en procession derrière un porte-drapeau. En effet un jeune homme d'une quinzaine d'années portait un long pieu sur lequel flottait un étendard représentant un soleil sur un fond blanc. Derrière lui, une bonne douzaine de personnes en rang par deux, psalmodiaient dans une langue inconnue. Ils accompagnaient leur chant d'une sorte de pas dansé. Après avoir fait deux pas en avant, ils se mettaient à tournoyer sur eux-mêmes en levant la tête et les bras au ciel et en poussant un cri qui ressemblait à s'y méprendre au gloussement d'un dindon. Ils reprenaient ensuite leur chant et leur marche pour effectuer deux autres pas en avant, puis recommençaient à tournoyer. Ils avançaient ainsi au rythme de ce cycle curieux. Derrière ces « glapisseurs », une demi-douzaine d'accompagnants les suivait calmement en marmonnant dans cette même langue étrange une espèce d'incantation incompréhensible. L'un d'entre eux rythmait l'avancée générale avec un petit ra de tambour, tandis qu'un autre faisait retentir un gong à chaque début de phrasé. L'ensemble avançait donc à la vitesse d'un gastéropode, mais avec beaucoup plus de bruit :

*Dong,*

*Terminaregolecsuverpaboleiou.*

*Dong,*

*Traversimongolabelidonumipser.*

*Dong,*

*Justibelifrevolucanisipoda.*

*Dong,*

*Lancabisterépriogravitominuscal.*

« Voilà un groupe bien étrange, dit Peran.
- Ce sont des processionnaires de Genonvois, répondit Vlad. Ils se rendent dans leur ville sainte de Capistala de la sorte.
- En tous cas, ils sont bien rigolos, renchérit Porquerolle qui trouvait la procession ridicule. Borne et Bulot de leur côté, riaient franchement du spectacle.
- Oui c'est vrai, ils ont l'air comique, ajouta Peran qui ne put s'empêcher de sourire.
- Nous avons tous des démons intérieurs à pourfendre », nota Vlad, qui détourna le regard puis donna un coup d'éperon.

Les quatre autres voyageurs le suivirent en s'arrêtant de rire. La tirade de Vlad avait quelque peu glacé l'ambiance. Chacun s'interrogeait sur ce qu'il avait voulu dire par là, mais aucun n'osa le lui demander.

Ils continuèrent leur voyage pendant de longues semaines.

# Freman le fidèle

Freman se sentait fier d'avoir été choisi par son roi pour mener cette mission. Même si, à l'instar d'autres guerriers du conseil de Morana, il doutait de sa pertinence, il avait accepté ce mandat sans hésitation. L'honneur que représenterait un succès serait immense et rejaillirait inévitablement sur toute sa famille.

Sabir II lui avait confié cette mission parce que Freman passait pour un sage et un fidèle. Freman, dont les Moranais eux-mêmes avaient oublié le vrai nom, avait participé à toutes les invasions de Vérika, y compris la première, dès l'âge de douze ans. Il parlait aussi leur langue ce qui avait été jugé comme un atout sérieux.

Il avait obtenu de pouvoir choisir lui-même la vingtaine de cavaliers qui l'accompagnerait. Il avait choisi parmi les plus endurants et les plus déterminés pour cette mission de plusieurs mois. Il en avait aussi choisi qui parlaient comme lui la langue de Vérika. Son plan reposait essentiellement sur l'effet de surprise. Il considérait comme essentiel qu'à aucun moment les militaires de Vérika ne connussent son existence. Pour maintenir sa progression discrète, les déplacements de sa troupe se faisaient toujours selon un itinéraire ouvert la veille par un cavalier seul. Ils vivaient de cueillette et de chasse tout au long de leur parcours, en évitant les fortins de l'armée vérikaine et les grandes villes. Lorsqu'ils devaient se renseigner auprès de la population, c'était toujours par un homme seul en se faisant passer pour un commerçant. Freman avait aussi interdit à ses hommes de n'emporter ni bouclier ni lance qui lui paraissaient des équipements trop voyants.

En procédant de la sorte, sa troupe avait réussi à atteindre Pagonie sans se faire repérer. Il est vrai que le royaume de Vérika était vaste et comptait de nombreuses contrées dépeuplées, ce qui l'avait indéniablement avantagé. Mais maintenant qu'il était aux portes de la capitale, il lui fallait établir un plan pour la deuxième partie de sa mission : enlever la reine et la ramener vivante à Morana. Il se tenait ce jour-là dans un bois dense tout près de la capitale. Il pouvait donc l'observer à loisir avec peu de risque de se faire repérer. Il pouvait voir très nettement le Palais royal, tous les abords de la capitale ainsi que les entrées et sorties par la voie sud.

Le soir venu, lorsque dans une des grottes environnantes il partagea son dîner de viande de cerf séchée avec ses hommes, l'un d'entre eux lui demanda comment il comptait s'y prendre. Cela faisait plusieurs jours que la troupe campait ici et l'oisiveté travaillait les esprits. « J'ai enfin décidé de notre plan, dit tout simplement Freman.

– Si elle ne sort pas de son palais sans escorte, je ne vois pas comment nous pourrions l'enlever, se demanda l'un des hommes.

– Les gens de Curcova nous ont dit qu'elle ne sortait jamais. Il va donc falloir aller l'enlever dans son Palais, répondit-il.

– Dans son palais, mais comment faire ? les murs sont immenses, en pierres taillées. Et ils sont gardés nuit et jour. Il doit y avoir au moins une centaine de gardes là-dedans, sans compter la garnison toute proche !

– *La force d'une forteresse n'est faite que de la volonté de ses défenseurs.* C'est un vieux proverbe que m'a enseigné mon père. Il y a toujours une faille. Elle est humaine et il suffit de la trouver, expliqua Freman.

– Peut-être, mais justement, comment la trouver ? demanda l'homme, pas vraiment rassuré.

– Nous allons organiser des missions d'espionnage dans la ville. À partir de demain, tous ceux qui parlent leur langue iront à tour de rôle à Pagonie. Pas question d'y aller à cheval ; ce serait trop voyant. Vous irez à pied et désarmé en restant le plus discret possible. Votre premier but sera de déjouer la surveillance des Vérikains. Se fondre dans la foule et emprunter les voies secondaires seront vos consignes. Ensuite, chacun aura un objectif et devra réunir toutes les informations qu'il peut sur la vie du Palais. Qui y vit ? Combien sont-ils ? Qui les ravitaille et comment ? Ce n'est pas auprès des notables ou des gens en place que nous obtiendrons nos informations, mais auprès des parias, des mal-lotis, des prostitués ou des laissés-pour-compte ; tous ceux qui d'ordinaire ne sont pas écoutés par les Vérikains. Nous, nous allons les écouter. Nous allons les chercher dans les bas-fonds de la ville et nous allons nous intéresser à eux et leur donner de l'importance. Peu à peu, ils vous regarderont comme des amis. Avec en plus un peu d'argent en échange, ils vous livreront les secrets de cette forteresse. Il n'y a pas de petit détail ; tout ce que nous apprendrons doit être regroupé ici. Et vous verrez mes camarades, tôt ou tard, nous découvrirons les faiblesses de ce palais prétendument imprenable et nous vaincrons ces Vérikains arrogants ! »

L'intervention de Freman redonna du courage à ses hommes. Ils acquiescèrent tous à la décision et se réjouirent d'avoir à nouveau un plan à suivre. Freman quant à lui gardait son optimisme. Il avait confiance en ses hommes, jeunes, vigoureux et doués. La tâche était difficile, mais avec des compagnons comme eux, rien ne semblait impossible.

# Le Midi

Le Midi était le pays du feu et de l'art, le pays de la bonté. Le soleil était généreux et la nature aussi. La capitale s'appelait Madragas et constituait le premier port austral du royaume. Comme dans toutes les autres villes du Midi, les habitations étaient décorées pour embellir la vue. Les murs étaient recouverts d'ocre de nuances différentes, les volets étaient peints de couleur vive et les avant-toits portaient des ornements taillés dans la pierre ou le bois. Chacun essayait de rendre son habitation plus belle et l'ensemble flattait la vue. La clémence du temps encourageait les relations sociales et les habitants du midi conversaient aisément entre eux avec une verve gouleyante.

Nos cinq amis découvrirent avec enchantement cette nouvelle ville. Ils se perdirent d'ailleurs un peu si bien que Vlad se résolut, aux dépens de son amour-propre, à demander son chemin. Il s'adressa alors à une dame qui s'en allait au lavoir. Celle-ci comprit vite qu'elle avait à faire à des étrangers, ne serait-ce qu'en écoutant Vlad. Elle appela alors sa fille et l'enjoint de guider les cavaliers vers leur destination finale. Vlad remercia la dame et fit descendre tout le monde de cheval afin que tous continuent à pied.

Vlad entama aisément la conversation avec cette jeune fille. Elle s'appelait Aurora et travaillait à la ferme avec ses parents où ils plantaient toutes sortes de plantes odoriférantes locales. Aurora expliqua gentiment l'histoire des quartiers au fur et à mesure qu'ils avançaient à l'intérieur de la ville, bercés par le bruit des cigales.

Aurora rayonnait d'une beauté jeune et espiègle. De longs cils élégants entouraient ses deux petits yeux marron. Une étincelle éclairait son regard. On y voyait de l'humour et de la fraicheur. Une parenthèse discrète à la commissure des lèvres s'était creusée à force d'avoir trop ri. Sa nuque semblait avoir été inspirée par l'alliance improbable de l'ordre et du chaos : Elle dessinait, de ses épaules vers le ciel, une longue et gracieuse hyperbole qui se perdait au milieu de sa chevelure, d'où de toutes petites mèches rebelles s'échappaient dans tous les sens tel un feu d'artifice.

Peran ne manqua pas d'être séduit. Ce fut pour lui un sentiment nouveau tant l'environnement masculin de l'académie ne l'avait pas préparé à des rencontres aussi charmantes. À chaque fois qu'il la regardait, il ressentait comme un coup de poignard au ventre. C'était une sensation à la fois désarmante mais terriblement agréable qui lui nouait l'estomac et se diffusait dans tout le corps. Il avait du mal à cacher son trouble et craignait qu'Aurora ne s'en rende compte. Il voulait faire bonne figure et souhaitait lui montrer à elle, encore plus qu'à tout autre, qu'il méritait d'être chevalier. Et à chaque fois que leurs regards se croisaient, Peran détournait les yeux comme si on l'avait pris en train de voler. Il prenait alors subitement un air plus sérieux ; plus masculin pensait-il. Aurora lui répondait par un sourire désarmant et par un petit rire qui s'envolait dans les airs comme un papillon au printemps. Peran sentait comme un lien invisible entre elle et lui. Chaque mouvement, geste ou parole d'Aurora éveillait ses sens. Mais il n'osait pas montrer son intérêt pour elle, de peur de dévoiler ses sentiments. Il espérait simplement et secrètement que ce lien fût réciproque, qu'elle ressentait, elle aussi, cette douce sensibilité.

Borne et Bulot avaient eux aussi été conquis par les attraits féminins d'Aurora et se chamaillaient bêtement le droit de marcher derrière elle, au grand désespoir de Vlad. Porquerolle de son côté fantasmait entre deux curages de nez sur le menu du soir, se demandant bien quelle pouvait être la spécialité locale.

Vlad expliqua ensuite à Aurora le but de leur voyage et lui indiqua que leur destination finale était la place forte de Madragas. Il raconta également leurs aventures passées dans les différentes régions du royaume. Aurora écouta attentivement ces récits. Lorsque Vlad parlait de Peran, elle jetait un regard dans sa direction avec un très beau sourire. Les regards brefs d'Aurora mettaient Peran dans un état nouveau.

Au bout d'une heure de marche qui parut bien plus courte à Peran, ils arrivèrent devant la place forte. Vlad commença à expliquer aux gardes de cette citadelle qui ils étaient et pourquoi ils avaient le droit d'entrer, mais les gardes lui refusaient l'accès. Pendant ce temps-là Aurora s'apprêtait à rentrer chez elle. Peran pris alors son plus grand courage et lui demanda s'il pouvait la revoir. Elle ne fut qu'un petit peu surprise de la demande. « Tu sais où j'habite. Tu n'as qu'à venir me voir chez moi, expliqua-t-elle.

- Mais je ne connais pas cette ville. Comment faire pour retrouver ta maison ?
- Tu y arriveras, j'en suis sûre. Il ne faut pas que ça soit trop facile non plus », dit-elle en guise de réponse.

Et elle s'en alla en faisant un signe de la main et laissant s'échapper un petit rire. Peran resta pantois quelques instants. Borne et Bulot se moquèrent de Peran en mimant grossièrement Aurora lui disant au revoir. Vlad de son côté, lui fit comprendre qu'ils avaient tous d'autres préoccupations plus immédiates et continua ses explications auprès des gardes. Au bout de quelques minutes, après l'intervention du capitaine de la place forte, toute l'équipée fut autorisée à rentrer et l'officier s'excusa auprès de Vlad du zèle de ses hommes.

Le soir venu, pendant le souper et comme à l'accoutumée, Vlad demanda à Porquerolle de lire le passage concernant le Midi. Porquerolle esquissa un large sourire de satisfaction. Cette fois-ci, il ne se fut pas fait surprendre et se félicita intérieurement d'avoir su anticiper la question. Il s'essuya ostensiblement les mains et le nez et mit son plat de côté avec son couvercle, comme il eut prévu de le faire. Il sortit ensuite le parchemin de sa besace. Il lit enfin le chapitre traitant du Midi. Héromus y parlait de la place du soleil de Madragas où convergeaient de très nombreux artistes venus de tous les villages environnants, chaque jour qui suivait une nouvelle lune. Cet évènement très attendu, était préparé avec beaucoup de soin. Il racontait comment Fransach XXXI s'était joint à ces artistes. Une fois le récit terminé, Porquerolle reprit son repas, très satisfait de le retrouver assez chaud grâce au couvercle qu'il lui avait mis. « Nous nous rendrons donc sur cette place au premier jour qui suit la pleine lune. Quand est-ce exactement ? demanda Vlad.

– Ha ben ça, tout le monde connait la date ici. C'est dans trois jours, fit le capitaine.

– Alors, qu'il en soit ainsi, fit Vlad. Cela nous offrira deux jours de repos. »

Peran se réjouit de cette perspective. Il décida que dès le lendemain, il essaierait de retrouver Aurora.

Il se leva donc tôt le lendemain. Leurs chambres dans la place forte étaient assez lugubres, mais les puissants rayons du soleil d'été les éclairaient abondamment malgré les tout petits interstices qui leur servaient de fenêtres. C'est donc plein d'enthousiasme qu'il déjeuna rapidement au réfectoire, puis quitta la place forte. Malgré l'heure matinale, le soleil éclairait généreusement la ville et l'activité se faisait déjà entendre. Peran se repéra d'après son souvenir de la veille et se dirigea dans la direction de la maison d'Aurora. La retrouver ne fut pas facile tant la ville était grande. Chaque quartier était plus ou moins spécialisé et Peran réussit à trouver celui où les cultivateurs de lavande étaient majoritaires. Il demanda souvent son chemin et finit par retrouver la maison d'Aurora, en fin de matinée.

Aurora l'accueilli avec une joie visible. Elle présenta brièvement Peran à ses parents et partit en promenade avec lui en promettant un retour rapide.

Aurora et Peran passèrent le restant de la journée ensemble. Aurora lui montra les quelques endroits particuliers de sa ville qui avaient marqué son enfance et Peran parlait un peu de lui et d'où il venait. Ils passèrent tous les deux une journée simple comme le font deux jeunes gens qui tombent amoureux l'un pour l'autre. Mais le soir vint, bien trop vite, et le temps des adieux aussi. Peran promit de revenir, mais Aurora le soulagea de cette promesse. Elle savait que certaines d'entre elles sont trop difficiles à tenir, pour ceux appelés à des destins singuliers. Elle ne lui en tint pas rigueur pour autant et le quitta avec son éternel sourire et un baiser comme encouragement.

Il fallu pas moins de quatre heures à Peran pour retrouver la place forte tant il était perdu ce soir-là. Perdu dans cette ville immense et perdu dans ses pensées, l'esprit hanté par le doux souvenir d'Aurora.

Le lendemain matin fut un réveil plus difficile pour Peran. Porquerolle, lui, continuait de dormir et de ronfler à ses côtés. Vlad les secoua vigoureusement en rappelant les échéances prévues. Au bout de quelques minutes, tous se retrouvèrent au réfectoire. Vlad informa Peran en aparté qu'il venait de recevoir une missive en provenance du Palais royal. « Le Palais me fait savoir que la reine court un grand péril. Le royaume de Morana aurait ourdi son enlèvement et une troupe ennemie serait déjà en route. Mon retour à Pagonie est requis dès que possible, précisa-t-il.

– Enlever la reine ! Mais comment est-ce possible ? demanda Peran.

– Je n'en sais rien. Cela me paraît tout autant rocambolesque qu'à toi, mais la reine prend la menace très au sérieux.

– Je ne peux donc pas finir la cardination ? demanda Peran, inquiet.

– Si. Le message établit clairement que ta cardination doit aboutir. Mais nous ne perdrons aucun temps et prendrons le chemin du retour dès que tu auras fini. »

Peran pensa immédiatement à Aurora et au fait qu'il ne la reverrait pas avant son départ. Vlad prépara le départ de tous et une certaine tension de sa part devenait perceptible.

Après la collation du matin, tous nos compagnons partirent pour la place du soleil. Elle se situait à moins d'une demi-lieue de la place forte et ils la rejoignirent très rapidement.

La place du soleil était une vaste place en forme de demi-cercle, de cent toises de diamètre et admirablement bien pavée. La base du demi-cercle était orientée vers le sud. Une immense colonne d'environ vingt toises de haut avait été érigée en son centre. À ses pieds, une fontaine laissait couler une eau pure dans un bassin circulaire et richement ornementé de statues. À l'aide de pavés en marbre de couleur, les architectes avaient fait dessiner des chiffres sur le sol de la place, de sorte que l'ombre de la colonne puisse servir de cadran solaire. En périphérie du demi-cercle, se dressaient les façades des maisons les plus prisées de la ville. Elles rivalisaient toutes de couleurs et de décorations chatoyantes et abritaient leurs terrasses par des tonnelles. Au sud, un théâtre en plein air constituait le demi-cercle symétrique de cette place. Au vu de sa taille imposante, il pouvait accueillir pas moins de deux mille personnes. Son foyer abritait une estrade couverte qui servait à toutes sortes de représentations artistiques. L'arrière du foyer était délimité par un épais et vaste mur en marbre blanc, dans lequel on avait sculpté la forme d'un immense coquillage ouvert. La cavité ainsi formée amplifiait les voix des artistes pour les aider à se propager jusqu'aux gradins les plus éloignés. Les gradins en pierre disposés dans un hémicycle parfait, étaient surplombés d'une structure en bois d'acacia qui portait de vastes toiles. Elles abritaient les spectateurs du soleil le jour ou de la fraîcheur la nuit. Mais aussi, leurs cinq couleurs différentes allant en dégradé du rouge en face de la scène, à un jaune-paille aux extrémités, permettaient de différencier la qualité de chaque secteur.

Malgré l'heure matinale, de très nombreux habitants avaient commencé à converger vers cette place. Un petit marché d'œuvres d'art s'était improvisé sur la partie la plus au nord de la place. D'autres marchands ambulants vendaient aux badauds toutes sortes de marchandises ou de friandises. Mais la principale raison pour laquelle autant de monde se pressait ainsi, résidait dans les spectacles qui étaient donnés. Tout d'abord de très nombreux acrobates jouaient leurs tours et de petits groupes de musiciens disséminés un peu partout animaient la place. Des peintres avaient installé leurs chevalets et faisaient la démonstration de leurs talents. Enfin plusieurs troupes ou ensembles donnaient ce jour-là, leur plus beau spectacle. Et c'était dans le théâtre qu'ils se produisaient, attendus impatiemment par un public connaisseur.

Ainsi donc le jour suivant chaque pleine lune, les habitants se retrouvaient en nombre sur cette place et cette fête constituait l'occasion pour tous de se débarrasser, le temps d'une journée, de leurs inquiétudes habituelles. Il se dégageait de ce lieu une joie de vivre diffuse, mais extrêmement communicative. Vlad et ses compagnons furent assez décontenancés par l'immensité de la foule, le brouhaha ambiant et la beauté des lieux. L'ensemble sollicitait tant les sens que Peran se sentit désorienté et se surprit à sourire sans raison, pris d'une sorte d'ivresse.

Vlad dirigea l'équipe vers le théâtre. Cela lui semblait le lieu le plus propice pour qui voulait s'imprégner de l'esprit de cette ville. Un caissier le renseigna sur le prochain spectacle qui devait commencer dans une heure et surtout sur les tarifs. Vlad expliqua qu'étant en mission royale, aucune contrepartie financière ne put être demandée, puisque cela revint à faire payer la reine en personne. L'argument ne sembla pas porter autant qu'il l'aurait souhaité. Le caissier campa imperturbablement sur ses positions. Il fallut à Vlad plusieurs minutes d'une discussion houleuse pour le faire plier. Ils purent alors tous entrer dans le théâtre, passant devant le caissier qui maudit en silence les enquiquineurs en uniforme.

Ils allèrent s'installer sur un gradin, sous la toile centrale de couleur rouge. Après de longues minutes d'attente, un comédien vint déclamer le programme de la journée, accompagné par la musique d'un petit orchestre et largement applaudit après avoir prononcé le nom de chaque troupe. Quelques instants après, les spectacles commencèrent. Il y en avait de toutes sortes : des comédies, des acrobaties, des concerts, des tragédies et parfois même des récitals de poésie. Chaque spectacle était entrecoupé d'un entracte qui donnait lieu à des débats parfois animés entre spectateurs.

Borne et Bulot s'ennuyèrent à mourir. Borne sautait sur place dans une sorte de soubresaut reflexe et assez bruyant, tandis que Bulot rongeait le cuir de sa ceinture. Vlad les reprit assez souvent, mais au bout d'une heure, se résolut à les faire sortir du théâtre. Il les amena devant le guichet et leur confia comme mission de compter jusqu'à son retour le nombre de spectateurs qui rentreraient avec une canne. Borne parut très satisfait d'avoir quelque chose à faire tandis que Bulot ne comprit pas la consigne, mais fit semblant pour ne pas paraître plus idiot que son collègue.

Les représentations continuèrent. Peran fut émerveillé par ces spectacles. Autant d'artistes réunis au même endroit et présentés en un laps de temps aussi court, créaient une ambiance enivrante. Les applaudissements nourris et les réactions enjouées des nombreux spectateurs y contribuaient aussi. Aussi, quand la représentation prit fin, Peran se sentit comme lessivé par les sentiments vécus. Il en ressentait physiquement les effets par une sorte de tremblement.

Tous les spectateurs quittèrent peu à peu les gradins dans le calme et la bonne humeur. Peran, Vlad et Porquerolle retrouvèrent Borne et Bulot à l'entrée. Les deux lascars rapportèrent chacun de leur côté le résultat de leur comptage auprès de Vlad, mais avec des résultats différents. Vlad les félicita tous les deux ce qui les ravit.

Ensuite ils se dirigèrent tous vers la base de la colonne, où était organisé en cette fin de journée, un concours de dessin en plein air. Celui-ci était dirigé par un peintre bien connu dans la région du nom d'Horacius. Ce concours consistait en ce que chaque participant contribue à une œuvre collective. Horacius avait préparé pour cela au-dessus d'une estrade, une vaste toile de deux toises de hauteur et de trois toises et une coudée[20] de large et l'avait orientée vers l'ouest. Il avait ensuite dessiné à l'aide de peinture noire une forme énigmatique. Elle ne représentait rien de particulier, mais en même temps elle était capable d'évoquer plein de choses, pour qui laissait courir son imagination.

Il était ainsi demandé à tous ceux qui souhaitaient participer de continuer la peinture commencée par Horacius. Celui-ci s'agitait dans tous les sens, encourageant les badauds à se lancer. Lorsqu'une personne s'était présentée volontaire, il la faisait acclamer par la foule et lui prêtait aussitôt une palette et des pinceaux. Après avoir un peu discuté avec elle, il lui proposait un endroit du tableau où son idée lui semblait bien s'insérer et la guidait avec bienveillance. Peu à peu, une demi-douzaine d'apprentis-peintres s'essayaient à cet art sous les conseils et commentaires conciliants d'Horacius.

Peran regarda Vlad et après son léger hochement de tête, comprit qu'il lui fallait lui aussi s'essayer. Il s'approcha alors d'Horacius assez peu convaincu de ses qualités de peintre. Celui-

---

[20] Unité de longueur mesurant quarante-cinq centimètres environ.

ci le remarqua aussitôt et l'accueillit les bras ouverts et la tenue déjà pleine de taches. Il cria ses mots de bienvenue et de félicitations à tous les spectateurs qui applaudirent alors. Il demanda à Peran où sur la toile il souhaiter peindre et ce que la forme initiale lui avait inspiré. Peran fut un peu intimidé et ne sut pas quoi répondre. Il est d'ailleurs paradoxal de remarquer que ce sont souvent les questions qui n'ont pas de mauvaises réponses, auxquelles il est le plus difficile de répondre. Peran hésita encore quelques instants, mais avec les encouragements d'Horacius finit par proposer quelque chose qui sembla ravir le maître-peintre. Horacius lui prêta alors les ustensiles nécessaires et lui donna quelques conseils, puis alla s'affairer auprès d'autres participants.

Peran se concentra un peu et essaya de faire abstraction de la foule. Au bout de quelques instants il commença à peindre ce qu'il avait imaginé. L'exercice lui sembla plus difficile que prévu. Imaginer une forme est une chose, mais réussir à la reproduire en est une autre. Peu à peu, il éduqua ses gestes et réussit à s'améliorer.

Horacius venait de temps en temps derrière lui pour l'encourager, le conseiller ou le féliciter, avant de repartir auprès des autres participants. Horacius butinait ainsi de peintre en peintre toujours en félicitant chacun de sa grosse voix rocailleuse et en veillant à faire applaudir chaque dessin qui lui semblait le mériter. Au fur et à mesure que les dessins des uns et des autres grandissaient, Horacius veillait à ce qu'ils se mariaient ou s'interpénétraient avec beauté, parfois en y contribuant directement. Il guidait ainsi tous les peintres comme aurait pu le faire un chef d'orchestre avec ses musiciens. Lorsqu'un peintre estimait avoir fini, Horacius le remerciait et complétait sa contribution de façon à ce qu'elle pût s'intégrer harmonieusement avec le reste du tableau. Moins il restait de peintres et plus Horacius s'activait pour donner à l'ensemble une cohérence esthétique. Et quand il n'en resta plus, Horacius s'emporta dans une frénésie créative qui lui permit de terminer cette œuvre en très peu de temps. Il ponctua sa peinture d'un coup de pinceau farouche, se retourna vers la foule dans une pirouette et avec un sourire radieux s'écria : « et voila ! » Les spectateurs s'enflammèrent aussitôt dans un tonnerre d'applaudissements. Horacius fit venir les autres peintres sur l'estrade afin qu'ils soient eux aussi associés à ce remerciement.

Peran se sentit gêné d'être ainsi publiquement félicité, mais ce sentiment disparut peu à peu en observant l'œuvre finale qui, contre toute attente, rayonnait d'une beauté agréable. À la fin des applaudissements, Horacius et les peintres descendirent de l'estrade et tous se mêlèrent au public dans une ambiance bon-enfant. Vlad s'approcha d'Horacius et le remercia au nom de la reine en lui expliquant le parcours de la cardination que suivait Peran. Horacius s'enthousiasma à cette nouvelle. Il expliqua alors à Peran comment selon lui, l'art et la bonté se répondaient l'un à l'autre. « La bonté est le don de soi. Elle n'existe que grâce aux autres. Et l'art c'est un peu la même chose. Il faut d'abord avoir du respect pour ceux qui regarderont et ensuite tout donner. Tu entends petit ? tout donner, dit Horacius de sa grosse voix rocailleuse et le front en sueur. Tiens petit, continua-t-il, c'est un peu comme le sentiment amoureux, lui aussi peut te guider vers la bonté.

- Oui, celui-là je connais ! s'emporta Peran, regrettant aussitôt l'aveu qu'il venait de faire. Borne et Bulot éclatèrent de rire sous le regard noir de Peran.
- Alors te voila le plus heureux des hommes », dit Horacius en accompagnant sa réponse d'un regard entendu et d'une bonne claque dans le dos.

Toute la troupe profita de l'ambiance festive et joviale qui régnait ce soir-là sur la place. Le soleil se couchait peu à peu et illuminait de ses rayons rougeoyant l'immense toile d'Horacius et donnait en sorte une nouvelle vie à l'œuvre.

# Le retour

Peran se leva le lendemain matin sans entrain. Une partie de lui le poussait à ne pas partir. Il fit chacun des gestes habituels avec une lenteur démesurée. L'idée de ne plus voir Aurora l'avait fait sombrer dans une tristesse qu'il n'avait pas connue jusqu'ici. Il avait beau se raisonner, le souvenir des moments passés avec elle revenait à sa mémoire de façon prégnante et l'idée de s'en éloigner lui semblait terriblement contraire à sa volonté.

Malgré tout, Peran quitta le soleil du Midi avec ses compagnons, en reprenant la direction du nord. La route qui menait à Pagonie était très fréquentée. Peran remarqua que les commerçants voyageaient par convoi. Ils attendaient à la porte de Madragas qu'un nombre suffisant de charrette se soit constitué – généralement près d'une dizaine – pour enfin décider de se mettre en route ensemble. Peran demanda à Vlad les raisons de cette concentration. « Les routes commerciales sont envahies de brigands en tout genre qui estourbissent les marchands. En se réunissant de la sorte, ils rendent les attaques des brigands plus difficiles, expliqua Vlad. » Peran trouva la méthode des marchands ingénieuse et pleine de bon sens.

Le trajet du retour sembla à Peran terriblement long et morne. Ses pensées étaient régulièrement occupées par le souvenir d'Aurora. Il lui semblait si difficile de se projeter dans l'avenir sans penser à elle. Pourtant, la perspective d'être adoubé chevalier n'avait jamais été aussi proche et ayant mené à son terme la cardination, plus rien ne semblait s'opposer à sa réussite. Leur voyage continua de longues semaines. Peran était habité par ces deux pensées aux sentiments si contradictoires.

Au bout de quelques semaines, leur caravane arriva enfin à Pagonie. La vue de la capitale avec son Palais surélevé anima tous les voyageurs de la caravane. En une heure de temps, Peran, Vlad et leurs compagnons se retrouvèrent au pied du Palais, où ils furent tous accueillis chaleureusement par les gardes et le personnel.

Le retour de Peran et de Vlad fit très rapidement le tour du Palais. La reine ordonna une audience dans la journée où son cabinet et les principaux chefs de file furent conviés et où Vlad, Peran et Porquerolle furent appelés. Vlad fit un bref compte-rendu de leur périple sans préciser si toutes les exigences de la cardination furent satisfaites, puisque ce rôle était réservé à Porquerolle. Celui-ci prit alors la parole, tout intimidé par l'auditoire. Il fit néanmoins un compte-rendu précis et factuel de leur voyage en lisant ses notes. Il énuméra ainsi chacune des étapes qui furent mentionnées dans le registre de la cardination et précisa les dates auxquelles elles furent atteintes par Peran. Enfin, Porquerolle conclut en proclamant que toutes les exigences de la cardination furent satisfaites, ce qui suscita des applaudissements.

Les regards se tournèrent tous alors vers la reine. Elle cacha sa grande déception derrière une attitude hautaine. Elle remercia sobrement Vlad et Porquerolle du service rendu et promit de soumettre le cas du jeune Peran à sa réflexion, puis à la Cour. Tous furent surpris que le cas de Peran ne pût se décider en l'instant, mais puisque la reine n'avait pas encore dit non, on ne put rien lui reprocher de sérieux.

La séance fut ensuite levée. Vlad, Porquerolle et Peran se retrouvèrent quelques instants entre eux. Ils descendirent ensuite dans les locaux de la garde du Palais. Ils dînèrent juste après en se remémorant avec nostalgie les moments vécus pendant leur voyage.

Un peu plus tard dans la soirée, la reine fit irruption dans les appartements dévoués au ministre-régent sans l'avertir. Brindisia II considérait en effet les membres du gouvernement comme des hommes à son service exclusif et ne leur accordait que très peu de vie privée. En cette fin de journée, le ministre-régent se détendait en compagnie d'un homme bien plus jeune que lui. L'entrée de la reine interrompu ce que le ministre considérait comme le début d'une bonne soirée. Elle ne s'étonna qu'à moitié de la présence du jeune homme. Le ministre-régent fit un petit signe enjoignant son compagnon de s'éloigner. Celui-ci s'inclina devant la reine et s'enferma dans la chambre à coucher du ministre. Puis celui-ci fit la révérence. « Votre Altesse, que me vaut le plaisir de votre visite ? demanda-t-il.

- De grâce, épargnez-moi vos hypocrisies de lèche-bottes, lança-t-elle. Vous et moi savons parfaitement pourquoi vous êtes ministre-régent. Je ne suis pas venue pour ça, mais je trouve que vous devriez être plus discret avec vos mignons.
- Étant donné que vous n'êtes pas venue pour cela, je prends votre conseil pour un geste amical et vous fais amicalement remarquer que personne à part celles et ceux qui pénètrent mes quartiers privés ne peuvent être au courant de ces… amitiés.
- Vos goûts pour les jeunes gens vous attireront des ennuis, un jour, avertit-elle.
- Votre Altesse, je ne fais que sortir quelques malheureux d'un destin maudit et pour quoi en échange ? Si peu de

choses en réalité ! Je leur fais gouter pendant quelques semaines à un luxe qu'ils n'auraient sinon jamais connu. Tenez, prenez ce jeune Belzos que vous venez de voir. Son accent du sud me ravit et quand je l'ai recueilli, il s'apprêtait à être vendu comme esclave par des marchands frisaques. N'ai-je donc pas bien œuvré en soustrayant une si belle âme à un destin aussi tragique ?

– Oui, enfin c'est votre vision des choses. D'autres pourraient voir que vous rendez des misérables, méprisables ; et que le rythme effréné avec lequel vos « amitiés » se succèdent s'apparente à un vice.

– J'aime la jeunesse et je suis gourmand ; voila deux défauts bien modestes Votre Altesse. Et puis un poète n'a-t-il pas dit :

*Et jacere humorem collectum in corpora quaeque,*
*Nec retinere semel conversum unies amore,*
*Et servare sibi curam certumque dolorem.* [21]

récita le ministre-régent en ricanant doucement. »

La reine ne répondit pas et le regarda d'un œil noir. Conscient d'avoir raté son trait d'humour, le ministre rompit le silence qui

---

[21] *Le premier corps venu suffit à notre sève ; Pourquoi la réserver pour un unique amour, Qui nous voue à tout coup au chagrin, aux soucis.* – Lucrèce – *De rerum natura* – Livre IV – vers 1058 à 1060.

devenait pesant : « Mais si nous en venions au sujet de votre visite ?

– Oui vous avez raison ; finissons-en. Je veux que dans les tout prochains jours, vous saisissiez la Cour du cas de ce jeune…

– Peran ?

– Oui, c'est cela. Contre toute attente, ce va-nu-pieds a réussi la cardination. Il nous faut trouver un motif pour ne pas le faire intégrer la chevalerie.

– Je crains Votre Altesse, que vous ne puissiez vous dédire sans dommage sérieux à votre honneur. Laissez-le donc intégrer la chevalerie comme il le souhaite. Ça fera un homme de plus prêt à mourir pour vous. Vous devriez vous en réjouir.

– Ce ne sont pas les cœurs vaillants à mon service qui manquent. Ce que je ne veux pas, c'est voir le quart-état côtoyer la noblesse au sein de la chevalerie.

– Alors il suffit de l'anoblir.

– Soyons sérieux, s'il vous plait. Je n'anoblirai pas un écuyer aussi facilement. Trouvez une excuse ; un point c'est tout. La mauvaise foi, vous connaissez je pense ! »

Et la reine détourna les talons sans laisser le temps au ministre-régent de répondre.

Le ministre-régent maudit la reine en silence. Il réfléchit quelques instants au problème que la reine venait de lui soumettre sans trouver immédiatement de solution. Il laissa ensuite son inquiétude de côté en repensant à la bonne soirée qu'il avait commencée et qu'il avait bien l'intention de continuer, de l'autre côté de la porte.

De leur côté, Vlad, Porquerolle et Peran terminèrent joyeusement leur soirée en compagnie d'autres gardes dans le réfectoire. Le repas fini, Vlad indiqua que malheureusement Peran ne pouvait plus rester au Palais et il le conduisit à la porte principale. Vlad félicita longuement Peran sur ce qu'il avait su faire et ils se séparèrent en bons amis qu'ils étaient devenus. Peran sortit dans la nuit noire et l'on referma la porte derrière lui.

Peran resta méditatif quelques instants. Il se demanda ce qu'il adviendrait de sa demande. Il ne pouvait se résoudre à croire que la reine ne respecterait pas sa parole de façon si patente. Ses quatre compagnons rentrés au Palais, il se retrouvait subitement seul au pied de cette porte. Vraiment seul. L'absence de ceux qui l'avaient accompagné pendant presque un an créait un vide auquel il n'avait plus l'habitude. Qu'allait-il donc faire maintenant ? Il se sentait subitement rejeté et face un vide : pas de maison, pas d'ami, pas de famille. Aurora lui manquait plus que jamais.

Peran se dirigea alors vers le seul endroit qu'il connaissait à Pagonie : l'académie militaire. Il repensa à tous ceux qu'il connaissait là-bas. Il se dit que peut-être l'écuyer-major le reprendrait à son service.

Chemin faisant, il passa devant une taverne très animée. Attiré par le bruit, il regarda à travers la fenêtre et vit une demi-douzaine de clients rire aux éclats, pendant qu'un autre chantait et jouait de la guimbarde. Il fouilla sa besace et trouva les quelques soles d'épargne qu'il lui restait. Il se dit qu'il les dépensera ce soir dans cette taverne. Partager la compagnie d'hommes si joyeux était ce dont il avait le plus envie en cet instant.

Il entra, commanda une boisson et se joint timidement au groupe. Il y fut accepté tout de suite. Ce n'était pas une réunion de pince-fesses mais une association fortuite d'âmes solitaires et dans ce genre de club, plus on est nombreux, plus on rit. Leur petite réunion était centrée sur la réussite d'un des leurs, qu'on lui présenta immédiatement. Archimède – c'est ainsi qu'il se faisait appeler – fêtait avec ses amis de circonstance, une fulgurante ascension sociale. Et de fait, les beaux habits neufs qu'il portait ne pouvaient masquer les décennies de misère qu'il avait vécues.

La soirée continua avec des rires et des histoires que chacun raconta à tour de rôle. Archimède pourvoyait régulièrement aux boissons, en sortant fièrement une bourse bien remplie. Cet homme-là avait plus souvent connu la solitude et la misère qu'autre chose ; il n'allait pas se priver le jour où, pour une fois, la providence lui souriait. Au bout de quelques minutes Peran eut l'impression de le reconnaître. Ces cheveux gris et raides, ces joues creusées par la famine, la dentition quasi-inexistante et les postillons projetés très loin lui rappelaient quelqu'un. En fouillant un peu sa mémoire il finit par le reconnaître : le mendiant ! Oui c'était bien lui ; celui qu'il avait rencontré le jour où il était arrivé à Pagonie. Ce n'était plus le même homme. Il avait troqué ses lambeaux en toile de jute pour un habit bourgeois et visiblement pris un bain.

Peran se réjouit de l'avoir reconnu. Il ne le mentionna pas car leur première rencontre n'avait pas été très amicale et préféra fêter avec lui sa bonne fortune. « Tu as trouvé un trésor ? lui demanda-t-il.

— Fuuuut. F'est un fecret. Répondit-il, en postillonnant abondamment sur son index posé en travers de sa bouche.

Puis il enchaîna aussitôt : v'ai rencontré un ami, un vrai, dit-il fièrement. Ve lui ai rendu un bon servife et il m'a récompenfé. Voilà, f'est tout ! Tu vois et bien y'a encore des vens fur terre qui favent reconnaître les hommes, les bons.

- Je suis très heureux pour toi, répondit sincèrement Peran.
- Et ben nous aussi ! enchaîna le plus avenant des compagnons, en cognant violemment sa chope sur celle de son voisin. Et c'était quoi ce service ? Ton ami là, il veut pas d'autres serviteurs ? Et il éclata de rire avec ses voisins.
- Fuuut, ve vous ai dit que f'était un fecret ! lança Archimède, légèrement énervé. De toute fafon, vous pourriez pas faire pareil, renchérit-il fièrement en réajustant son costume. Y a que des grands favants comme moi qui peuvent l'aider.
- Hé Archimède, c'est quand même pas toi qui a inventé l'eau chaude, hein ? fit un autre compagnon en éclatant de rire de sa bonne blague.
- Non, mais ve fuis le feul à connaître l'aile oueft du Palais ! Oui monfieur ! Fa t'en boufe un coin, hein ? Tu vois mon petit gars, ben quand v'étais veune, v'étais ouvrier. Fuis un des derniers vivants de l'époque où on a refait l'aile oueft.

Alors auvourd'hui, fus le feul à connaître fette partie-là. Bon, à part feux qui y habitent bien-fûr.
- Et ton ami t'a donné quoi, deux cents soles pour ça ? demanda Peran.
- Pas deux fents, mille ! » précisa-t-il sur un ton fier.

Peran comprit aussitôt ce qui s'était passé. Donner autant d'argent pour une information de cette nature, ne pouvait provenir que de quelqu'un qui chercherait à s'introduire dans le Palais. Il fit aussitôt le lien avec ce que lui eut dit Vlad après avoir reçu cette missive, alors qu'ils étaient dans le Midi.

Il profita de l'état prolixe d'Archimède pour recueillir le maximum d'informations sur cet étrange et généreux ami. Il apprit ainsi que l'ami en question était un homme d'une quarantaine d'années avec un fort accent étranger. Il portait un tatouage à la base du cou qui représentait un soleil muni de cinq rayons et s'intéressait surtout à l'aile ouest du Palais ; la partie qui regroupait les quartiers privés de la reine et du ministre-régent. Archimède raconta comment il lui avait dessiné les plans de l'aile et expliqué comment se présentait la partie invisible du Palais ; celle qui donnait sur la rivière. Son ami lui avait promis cette forte somme mais uniquement s'il pouvait vérifier par lui-même l'exactitude des descriptions ; ce qui, semble-t-il, venait d'arriver.

Peran jugea que la situation était devenue urgente. Si l'étranger venait de payer Archimède, c'est qu'il n'attendait plus d'information et qu'il était donc prêt à passer à l'action. Il remercia ses camarades d'un soir et courut en direction du Palais.

# La nuit des longs couteaux

Cette nuit-là paraissait très calme. De la chambre à coucher du ministre-régent on entendait le tocsin d'un clocher voisin sonner douze coups en plein milieu de la nuit. Belzos se leva tout doucement. Le ministre-régent dormait à poings fermés à côté de lui. Belzos connaissait le sommeil profond dans lequel le ministre était capable de sombrer, si bien qu'il ne s'inquiéta pas de le réveiller. Il s'approcha d'un placard au fond de la chambre et sortit un monticule de draps, noués entre eux de sorte à former une assez longue corde. Il s'approcha ensuite d'une des fenêtres de la chambre à coucher et regarda au-dehors. La chambre à coucher du ministre-régent était située à une extrémité du Palais sur les bords de la rivière. Il n'y avait donc pas de coursive de garde sur ce flanc-là, puisque la rivière constituait une protection naturelle. Les architectes du Palais avaient pensé qu'aucune armée ne pourrait jamais le prendre d'assaut depuis la rivière. Aucune armée peut-être, mais rien n'empêchait quelques barques de s'approcher.

Dans la pénombre Belzos remarqua trois tâches plus sombres qui se déplaçaient lentement au milieu des scintillements de la rivière. Ils étaient là, à l'heure convenue ! Belzos se réjouit de voir ses compagnons d'arme. Il entrouvrit la fenêtre et fit descendre lentement la corde de draps. Il fixa solidement l'autre extrémité à un épais montant en bois. Peu après, il sentit deux secousses tendre la corde, auxquelles il répondit de la même manière. Il la sentit aussitôt se raidir sous le poids des hommes qui montèrent après. Il surveilla les horizons et le sommeil du ministre pendant que ses compagnons escaladèrent la dizaine de toises qui les séparaient de la chambre. Seuls trois hommes restèrent sur les barques. Au bout de quelques minutes, toute la troupe de Freman se retrouva dans la chambre à coucher du ministre-régent. Freman fit signe à ses compagnons de gagner le vestibule voisin.

En parlant à voix basse, il rappela à ses hommes les consignes qu'il leur avait apprises les jours et semaines précédents. Belzos et deux autres hommes furent chargés de garder la chambre du ministre qui constituerait leur base de repli. Le reste de la troupe fut organisée en paires. Chaque paire avait un plan du Palais de sorte que chaque homme puisse être indépendant pour s'orienter. Le silence et la surprise devaient être leurs principaux atouts. Si le ministre-régent devait se réveiller, Belzos avait l'ordre de l'assassiner sur le champ à l'aide de son couteau, le plus silencieusement possible.

« Pour Morana, pour notre Roi ! » chuchota Freman, lançant un ultime mot d'encouragement à ses hommes. Ils s'avancèrent tous à pas feutrés vers la porte d'entrée du vestibule ; celle qui donnait sur la partie principale du Palais.

Attaquer de nuit procurait de nombreux avantages, pensait Freman. Tout d'abord l'obscurité masque les déplacements. Ensuite, un garde immobile a tendance à relâcher naturellement sa vigilance. Il avait donc entraîné ses hommes à surprendre les gardes. Il ne fallait pas avancer timidement mais au contraire s'avancer franchement à pas rapide sans courir. De la sorte, l'assaillant ne faisait pas de bruit et pouvait prendre un garde de surprise. Pour cela il avait formé quatre de ses hommes à ce genre d'attaques. Le premier à s'avancer était particulièrement habile au lancer de couteaux. Il était suivi par deux archers des plus rapides et enfin d'un quatrième soldat armé d'un sabre puissant.

Ces quatre-là sortirent donc les premiers du vestibule du ministre-régent. N'étant habitués qu'à de longues attentes interminables, les deux gardes à l'entrée furent pris totalement par surprise et en silence. Leurs corps furent évacués dans le vestibule. Freman emmena ses hommes en direction du logement de la reine, sauf Belzos et les deux hommes avec lui. Freman continua le long du couloir et aboutit à une vaste salle ronde munie d'un imposant escalier qui courait le long du mur. L'escalier menait en un demi-tour à l'étage au-dessus qui abritait les quartiers privés de la reine, facilement identifiables par son sol en marbre blanc.

Freman chargea trois paires de ses hommes de rester dans le couloir. Il y avait trois autres accès à ce couloir et Freman voulut que ces trois accès fussent gardés contre toute intrusion. Avec le reste de sa troupe, il monta l'escalier à pas de loup. Les quartiers privés de la reine étaient nécessairement gardés – pensait-il – et il lui fallait être particulièrement vigilant. En arrivant en haut de l'escalier, il vit l'ouverture qui menait aux quartiers privés. Il n'y avait personne pour l'instant. Il fit signe à ses quatre voltigeurs que ce serait à eux de s'introduire en premier. Les quatre hommes s'approchèrent de l'ouverture, toujours dans un silence absolu. Ils se regardèrent entre eux pour vérifier qu'ils fussent tous prêts et au signe de tête du lanceur de couteaux, s'introduisirent dans l'ouverture pour surprendre l'ennemi comme Freman leur avait appris.

Aux cris poussés par les soldats de Vérika, Freman comprit aussitôt qu'ils furent découverts. Il dut y avoir au moins une trentaine de soldats vérikains de l'autre côté et ce ne put pas être la dotation habituelle d'une garde de nuit. Freman s'élança aussitôt dans l'ouverture pour porter secours à ses quatre hommes ; tout le reste de sa troupe en fit alors autant.

Du côté des combattants vérikains, il y avait en effet une trentaine de gardes qui attendaient l'arrivée des Moranais, cachés dans les quartiers privés de la reine. Vlad commanda cet assaut et Peran à ses côtés y prit part. Il était en effet arrivé à temps aux portes du Palais et en renseignant Vlad sur ce qu'il avait découvert, avait réussi à le convaincre de tendre un piège le soir même.

Le bruit des combats parvint jusqu'à la chambre du ministre-régent et le réveilla. Il entrouvrit les yeux et compris que ce qui se passait dans sa chambre n'avait rien de normal. Il entendit la clameur lointaine des combats, il vit la fenêtre entrouverte, la corde qui descendait et les deux soldats moranais qui montaient la garde. Il vit aussi Belzos juste à côté de lui et l'interrogea du regard. Il attendit de celui-ci une réponse franche. Belzos regarda le ministre dans les yeux et lui enfonça son couteau profondément dans le torse en guise de réponse. Le ministre sursauta de douleur et poussa un cri sourd. Il saisit le poignet de Belzos et regarda le visage de celui qu'il crut avoir aimé et qui était en train de le tuer. Il comprit qu'il ne survivrait pas et relâcha son emprise sur le poignet de Belzos, pour ne garder qu'un toucher. « *Suum sequitur lumen semper innocentia* »[22] murmura-t-il en admirant intensément Belzos. Le ministre-régent s'éteint alors dans un soupir.

Belzos retira violemment son couteau, s'écria : « Pour Morana, pour notre Roi ! » et cracha sur le corps du ministre. Un des Moranais qui fut resté à surveiller dans le couloir arriva rapidement dans la chambre à coucher et cria : « Il faut s'enfuir. Nous sommes découverts. Nous sommes tombés dans un piège. Il y a au moins une cinquantaine de gardes à nos trousses. » Lui et les deux hommes qui étaient avec Belzos se précipitèrent aussitôt sur la fenêtre portant la corde de draps et commencèrent à descendre vers les embarcations. L'un d'entre eux prouva qu'en sautant directement dans la rivière, on y allait plus vite… Belzos hésita quelques instants. Il comprit que la situation était désespérée mais ne put tout simplement pas abandonner Freman, cet homme qui lui avait fait confiance. Il regarda vers la fenêtre qui représentait son seul salut et vit les derniers Moranais en train de se battre entre eux pour descendre en premier. Il trouva ce comportement méprisable et décida qu'il ne s'y associerait pas. Il saisit des deux mains son long couteau ensanglanté et

---

[22] *L'innocence est toujours précédée de son éclat* – Publius Syrus – Sentences.

courut au secours de Freman en criant fort pour se donner du courage.

Dans les quartiers privés de la reine, le combat était particulièrement violent. La douzaine de Moranais se battaient férocement contre la Garde royale, visiblement venue en nombre. Il en venait de partout et en très peu de temps les derniers hommes de Freman se retrouvèrent acculés. Ils tombèrent les uns après les autres et quand il n'en resta plus que trois, Freman abandonna le combat et se rendit. Les Vérikains poussèrent alors un long cri de victoire qui s'entendit très loin, jusqu'aux barques des tout derniers Moranais qui avaient réussi à s'enfuir. Ils se regardèrent entre eux et comprirent ce qui vint de se passer. Ils se remirent à ramer avec d'autant plus d'entrain.

Vlad organisa la fin des combats. Ses ordres précis et concis permirent un retour rapide au calme. Le Palais fut fouillé de fond en comble pour s'assurer que plus aucun Moranais ne rôdât plus. Le personnel du Palais fut regroupé temporairement dans une salle et tous les accès fermés. Les corps des défunts furent regroupés dans une salle à part. Les corps des soldats moranais furent séparés des vérikains et entassés dans une cave. Un des gardes du Palais reconnut Belzos parmi ceux-là. Les Vérikains blessés furent envoyés aux quartiers du médecin. Quant aux survivants ennemis, ils furent emprisonnés dans une des salles du cachot. La reine de son côté fut particulièrement protégée pour le restant de la nuit. Le Palais tout entier pansa ses plaies et pleura ses morts.

# Malheur aux vaincus

Le lendemain fut une journée d'extrême activité. La nouvelle de l'attaque de Morana sur le Palais se répandit comme une trainée de poudre à travers le pays et sema l'effroi. Si même la reine, calfeutrée au sein de son palais n'était plus en sécurité, qui pouvait y prétendre ? L'annonce du décès du ministre-régent ne suscita de son côté que très peu d'émoi. Il semblait que cet homme eût plus d'ennemis que d'amis.

D'un autre côté toutes les unités militaires situées entre Pagonie et la frontière moranaise furent sommées de se mettre en chasse des derniers fuyards sans délai. Les garnisons à proximité de la frontière furent renforcées. Par ailleurs, les accès au Palais furent réduits au strict minimum et la majorité du personnel congédié jusqu'à nouvel ordre.

En milieu d'après-midi, les principaux chefs de file de la Cour et responsables de l'État furent convoqués à une réunion en compagnie de la reine. Freman y assistait enchaîné, exposé à la vue de tous comme un trophée de guerre. Il avait visiblement subi un interrogatoire brutal.

Une fois les dignitaires installés, le duc de Marondas commença à exposer les informations qu'il avait pu recueillir. Il apprit ainsi à l'assistance que le groupe des assaillants estimé à une vingtaine d'hommes, était commandé par le seigneur Freman, un membre de la noblesse moranaise. Parmi ce groupe, seule une poignée d'entre eux avait réussi à s'enfuir et était encore activement recherchée. On dénombrait douze décès et quatre prisonniers dans ce groupe. De son côté, l'attaque avait fait dix-huit morts et vingt-trois blessés parmi les défenseurs vérikains, dont celui du ministre-régent. Le groupe avait eu pour but d'enlever la reine et de la ramener vivante à Morana afin d'exiger en échange une rançon. Leur entreprise avait pu être déjouée à temps et la reine sauvegardée, grâce à l'alerte donnée par un jeune écuyer de l'académie militaire le soir même de l'attaque. Le duc de Marondas présenta Peran comme le héros du jour et le fit applaudir.

Ces faits exposés, le duc de Marondas entama un débat sur ce qu'il convenait de faire dorénavant. Plusieurs chefs de file affirmèrent qu'il fallait d'urgence déclarer la guerre à Morana et leur infliger une cuisante défaite en guise de rétorsion. Le duc s'opposa fermement à cette solution : « Ne nous laissons pas emporter par l'émotion. Nous n'avons pas aujourd'hui les forces suffisantes pour mener une offensive en territoire ennemi. Ce serait le meilleur moyen de transformer la victoire d'aujourd'hui en déroute, si nous nous hasardions dans ce genre d'entreprise.

Le royaume de Morana a sans doute souffert dans son moral et dans son honneur, mais son armée est intacte, dit le duc.
- Et que suggérez-vous ? ne rien faire ? demanda avec ironie l'un des chefs de file.
- C'est là toute la question, fit le duc.
- Vous devriez utiliser le seigneur Freman, proposa alors Peran. Son intervention en étonna plus d'un, mais son prestige en cet instant était si grand qu'on le laissa parler.
- Comment cela ? demanda le duc.
- Un jour, un homme m'a appris que pour tout vainqueur, il y a un vaincu et que les deux ont la même valeur. Si la solution ne vient pas des vainqueurs, elle peut venir des vaincus. Pourquoi ne pas l'interroger sur ce que veut le royaume de Morana ? » proposa-t-il.

Le duc de Marondas fut assez surpris de la proposition. Il interrogea la reine du regard qui répondit par un léger haussement d'épaule. Il s'approcha alors de Freman qui était tenu enferré entre quatre gardes et s'adressa à lui en parlant fort et lentement comme s'il s'adressait à un sourd. « Que comptiez-vous demander comme rançon, scélérat ? Parlez, sinon je vous renvoie à notre bourreau. » Freman leva lentement les yeux. Il regarda l'assemblée et s'adressa à elle, avec son fort accent étranger. « Notre roi voulait demander en échange de la reine, le don du mausolée d'Agamon.

- Qu'est-ce que cette histoire de mausolée ? de quoi parlez-vous donc ? demanda le duc.
- Il s'agit de la tombe du fondateur de notre royaume. Nous l'appelons Agamon et son symbole est celui de notre pays, dit Freman en découvrant la base de son cou où était tatoué un soleil muni de cinq branches.
- Et où est-il, ce mausolée ? demanda la reine.
- Nous ne le savons pas, mais nous pensions que vous le saviez », répondit Freman.

L'aveu de Freman suscita de vives réactions. Certains se moquèrent de ce royaume qui entrait en guerre sans savoir ce qu'il voulait réellement. D'autres frémirent en pensant à tous ces morts pour la conquête d'un tribut imaginaire.

Peran reconnu alors le symbole sur le cou de Freman et prit la parole : « Votre Altesse, je crois savoir où se trouve ce mausolée. Je pense que ce mausolée est sur l'île de Pambernec où j'y ai vu de très anciennes ruines qui portaient ce même symbole.

- Et alors ? demanda le duc de Marondas. En supposant que vous ayez raison, nous n'allons tout de même pas leur livrer ce qu'ils désirent après cette agression. Cette bataille-là, nous l'avons gagné. Depuis quand est-ce aux vainqueurs de céder aux demandes des vaincus ?

– Votre Altesse, vous ne cédez rien. Il y a encore cinq minutes vous ignoriez son existence et ce mausolée n'a aucune valeur pour Vérika. Par contre en le donnant à Morana, vous supprimez les motifs d'une guerre entre les deux pays. Être raisonnable et faire preuve de sagesse n'est pas une preuve de faiblesse. Au contraire vous leur démontrez que Vérika est magnanime et sereine face à l'agression. Et vous discréditez leur roi en démontrant aux Moranais qu'ils auraient pu obtenir ce mausolée sans l'humiliation de cette défaite », expliqua Peran.

L'idée de Peran en étonna plus d'un. Un long débat s'enchaîna entre les différentes personnes présentes. Il y avait ceux qui parlaient d'honneur et de prestige. Ils soutenaient que le prestige de Vérika était en cause et qu'un vainqueur devait toujours demander un tribut sous peine d'être méprisé. La victoire d'aujourd'hui devait préparer la paix de demain, en suscitant la peur chez les vaincus. D'autres faisaient valoir que cette victoire n'en était pas une. La reine était certes vivante dans son palais, mais Vérika avait bel et bien été surprise. Seule la chance avait été de son côté, cette fois-ci encore. Ils pensaient qu'une bonne politique s'appuie sur des réalités et non sur des émotions, par nature évanescentes.

Peran quant à lui défendit avec aplomb son idée. Il soutenait que la guerre n'était juste que quand on était capable de lui donner un sens. Et se battre avec Morana pour un enjeu sans valeur n'en avait aucun. Il se souvint avoir lu à l'Académie dans des livres d'histoire, que les monarques signaient parfois des traités dans lesquels ils se promettaient mutuellement de ne pas se faire la guerre. Il proposa donc de faire de même avec Morana, de sorte de ne pas offrir le mausolée sans contrepartie. Une paix avec Morana permettrait à Vérika de consacrer ses ressources à d'autres buts. Cette dernière idée sembla enfin faire la quasi-unanimité.

On décida donc de rédiger une lettre à l'intention de Sabir II. On décida également que l'on rassemblerait tous les corps des soldats moranais enduits de sel et enveloppés dans de longs tissus en lin imprégnés d'une décoction d'embaumeur. Ces corps, la lettre ainsi que les trois derniers prisonniers moranais seront envoyés sous très bonne escorte jusqu'à la frontière. Freman serait gardé comme otage en attendant la réponse du roi de Morana.

La reine fut particulièrement satisfaite de ce compromis. M. Carouine lui conseilla fortement d'adouber Peran sur le champ pour profiter de l'étonnant prestige de ce jeune homme plein de sagesse. Il lui fit remarquer que Peran avait accompli tant d'actes extraordinaires qu'il ne pourrait être suivi par d'autres écuyers. Elle donna son accord et l'on organisa donc une cérémonie d'adoubement en suivant.

On appela rapidement les différents serviteurs nécessaires pour ce genre de cérémonie, comme des musiciens ou une section de la garde. On alla également chercher l'épée du trône. Quelques minutes plus tard, une section de la garde arriva et fit une haie d'honneur jusqu'à l'autel où attendait la reine. Pendant ce temps, un greffier consignait les faits dans un grand registre. Des trompettistes entonnèrent le chant habituel en pareille circonstance et Peran s'avança alors vers l'autel à pas lents sous les applaudissements.

Peran était fin prêt pour cette cérémonie tant il l'avait désirée et rêvée. Il était décidé à ne pas la brusquer, mais au contraire pensait bien profiter pleinement de l'instant présent. Les cérémonies décidées rapidement sont sans doute les plus improvisées, mais elles sont indéniablement les plus sincères. Toutes les personnes présentes se prirent de sympathie pour le jeune et nouveau chevalier, ce qui se ressentit à travers une ambiance d'autant plus détendue que le royaume venait de vivre des moments difficiles.

Arrivé au pied de l'autel Peran s'arrêta, suivant en cela les consignes gesticulées de Vlad. La reine après avoir rappelé les prouesses de Peran qui justifiaient son adoubement, prononça les paroles rituelles et il prêta alors hommage à sa suzeraine, comme l'exigeait la tradition. Peran s'agenouilla, puis elle souleva l'épée et porta son flan sur chacune de ses épaules, ce qui suscita de longues acclamations parmi l'assemblée. La reine expliqua ensuite que Peran serait affecté à la garde de la frontière du sud de Vérika, celle avec Morana ; ce qui au vu des derniers évènements semblait tout naturel.

La cérémonie finie, la reine quitta les lieux suivie de son chapelet de serviteurs et sous les révérences de tous. La porte refermée, beaucoup s'approchèrent de Peran pour le féliciter et s'entretenir avec lui dans une ambiance encore plus détendue. Peran ressentait une joie intense. Il lui semblait même pouvoir la ressentir physiquement, comme une vague onctueuse qui parcourrait le corps. Il ressentait aussi, comme d'autres présents, la tension de ces derniers jours retomber peu à peu.

Vlad le félicita chaleureusement. Il lui dit que cet adoubement était mérité et qu'il avait été fier de servir à ses côtés face aux Moranais. Vlad le remercia timidement et lui exprima sa gratitude pour l'avoir suivi pendant toute la cardination. « Je n'ai rempli que mon devoir, expliqua Vlad. Mais toi, que vas-tu faire dorénavant ?

— J'ai au sud du pays une frontière à garder et une amie à revoir », répondit-il.

Mais cela est une autre histoire…